KB116401

amélie nothomb

느빌 백작의 범죄

아멜리 노통브 지음   이상해 옮김

LE CRIME DU COMTE NEVILLE
by AMÉLIE NOTHOMB

이 책은 실로 꿰매어 제본하는 정통적인 사철 방식으로 만들어졌습니다.
사철 방식으로 제본된 책은 오랫동안 보관해도 손상되지 않습니다.

누가 느빌 백작에게 그가 언젠가 점집을 방문하게 될 거라고 말했다면, 그는 절대 그 말을 믿지 않았을 것이다. 좀 더 구체적으로, 가출한 딸을 찾으러 그곳에 가게 될 거라고 말했다면, 이 예민한 남자는 아마 기절했을 것이다.

　비서로 보이는 사람이 문을 열어 주었고, 그를 대기실까지 안내했다.

　「포르탕뒤에르 부인이 곧 나오실 겁니다.」

　마치 치과에 온 것 같았다. 느빌은 경직된 자세로 앉아, 벽을 장식한 티베트 모티브를 당혹스러운 눈길로 쳐다보았다. 점쟁이의 방에 들어서자마자 그는 딸의 소재부터 물었다.

「따님은 옆방에서 자고 있어요.」 점쟁이가 대답했다.

아이의 몸값을 요구할지도 모른다는 생각에 느빌은 감히 입을 열 수가 없었다. 도무지 나이를 가늠할 수 없는, 생기 넘치고 통통하며 활달하기 그지없는 점쟁이가 말을 이었다.

「제가 어제 자정이 지난 시각에 백작님 영지에서 그리 멀지 않은 숲으로 산책을 나갔어요. 달이 워낙 밝아 거의 대낮 같았지요. 그런데 거기서 우연히 몸을 웅크린 채 덜덜 떨고 있는 따님을 발견했지 뭐예요. 따님이 저한테는 아무 말도 하려 하지 않아서, 계속 그러고 있다가는 얼어 죽기 십상이니 나랑 같이 가자고 제가 설득했죠. 걱정하실까 봐 여기 도착하자마자 연락을 드리려고 했는데, 따님이 그럴 필요 없다고, 자기가 없어진 것도 모르고 계실 거라고 하더군요.」

「그건 맞습니다.」

「그래서 날이 밝을 때까지 기다렸다가 연락을 드렸던 거예요. 어떻게 따님이 없어진 것도 모르고 계실 수가 있죠, 백작님?」

「여느 저녁과 마찬가지로 그 애가 우리와 식사를 하고는 자기 방으로 올라갔으니까요. 아마 우리가 잠자리에 든 후에 나갔을 겁니다.」

「저녁 식사를 할 때는 따님이 어땠나요?」

「평소처럼 말 한마디 없이 먹는 둥 마는 둥 했어요. 상태가 좋아 보이진 않았죠.」

점쟁이가 한숨을 내쉬며 말했다.

「따님의 상태가 그런데도 걱정이 안 되셨나요?」

「딸아이 나이가 열일곱입니다.」

「그걸로 충분히 설명이 되시나 보죠?」

느빌이 눈살을 찌푸렸다. 이 여자가 도대체 무슨 권리로 날 심문하는 거야?

「제 질문이 불쾌하시리라 짐작은 됩니다만, 전 야밤에 숲에서 따님을 발견했습니다. 제가 얼마나 놀랐을지 상상해 보세요. 사랑하는 남자와 만나기로 했느냐고 물어봤더니, 따님은 깜짝 놀란 표정으로 저를 쳐다보더군요.」

「사실 그건 그 아이 스타일이 아닙니다.」

「그럼 따님의 스타일이 뭐죠?」

「나도 모르죠. 워낙 말수가 적은 애라서.」

「심리적인 도움을 제공할 생각은 안 해보셨나요?」

「속내를 드러내지 않는 것뿐입니다. 그건 질병이 아니죠.」

「그래도 가출을 했잖아요.」

「이번이 처음입니다.」

「백작님, 제가 보기에는 이상할 정도로 담담하신 것 같군요.」

낯선 여자에게 심판을 받아 화가 치밀었지만 느빌은 꾹 참았다. 그날 아침, 전화로 점쟁이에게서 그 소식을 들었을 때 큰 충격을 받았다. 하지만 그는 마음의 동요를 겉으로 드러내는 사람이 아니었다.

「상관없는 일에 끼어든다, 이 말씀이로군요. 좋아요. 숲에서 홀로 덜덜 떨고 있는 따님을 백작님께서 직접 보셨다면! 모포나 망토를 가져오지도 않았더군요. 제 마음이 다 아파요. 따님의 상태가 너무 안 좋아서요. 백작님께서 따님의 르상티[1]에 충분히 관심을 가지시는

---

1 *ressenti.* 주관적으로 강렬하게 느끼는 것. 이하 모든 주는 옮긴이의 주임.

지 궁금하군요.」

마지막 단어가 따귀를 치듯 백작을 후려쳤다. 그가 그 말을 처음 듣는 건 아니었다. 몇 해 전부터 알 수 없는 이유로 사람들은 감정, 감각, 혹은 느낌 같은 용어들에 만족하지 못했다. 그 용어들이 마땅한 역할을 완벽하게 수행하고 있는데도 그랬다. 그들에겐 르상티가 있어야만 했다. 느빌은 어깨에 잔뜩 힘이 들어간 것 같기도 하고 우스꽝스럽기도 한 그 용어에 알레르기 반응을 보였다.

점쟁이도 그가 발끈해 있다는 것을 알아차렸고, 자신의 도발이 먹혀 들었다고 생각했다. 이제 아이아버지도 자신의 책임에 대해 좀 더 진지하게 생각해 볼 터였다.

느빌은 얘기는 들을 만큼 들었다는 표정으로 일어섰다. 점쟁이도 따라 일어나 자신이 그의 편이라는 것을 알리기 위해서인 양 그의 손을 덥석 잡았다. 그런데 손을 잡자마자 그녀의 표정이 변했다.

「댁에서 곧 큰 잔치를 여시는군요.」 그녀가 말했다.

「그렇소이다.」

「그 잔치에서 백작님은 초대된 손님 하나를 죽이게

9

될 겁니다.」

「뭐라고요?」 백작이 하얗게 질린 얼굴로 외쳤다.

점쟁이가 그의 손을 놓고는 빙긋이 웃었다.

「안심하세요. 모든 게 순조롭게 진행될 테니까요. 절 따라오세요. 같이 따님을 깨우러 가시죠.」

마지막 순간의 예언만 없었다면, 느빌도 딸을 되찾은 여느 아버지처럼 격한 감정을 토로했을 터였다. 하지만 그 방에 들어갔을 때 그의 몸은 어느 때보다 심하게 경직되어 있었다.

여자아이는 야전 침대에 누워 있었는데 잠들어 있지는 않았다.

「안녕하세요, 아빠.」 그녀가 차분하게 말했다.

「안녕, 얘야. 좀 어떠니?」

그는 딸의 대답을 듣지도 않은 채 둘만 있게 해줬으면 하는 바람을 안고 점쟁이를 향해 돌아섰다. 하지만 점쟁이는 부녀가 재회하는 순간을 곁에서 지켜보고 싶은 게 분명했다. 목을 쑥 뽑은 채 눈을 동그랗게 뜨고 있었으니까.

마치 그 자리에 없는 사람처럼, 백작은 그 예언자와

예언이 없었다면 그가 느낄 수도 있었을 마음의 동요를 흉내 내려고 애썼다. 그는 평소와 다름없이 무덤덤한 표정을 짓고 있는 딸에게 다가가 덥석 품에 안았다.

「가자꾸나.」 그가 제안했다.

포르탕뒤에르 부인이 아침 식사를 대접하고 싶어 했지만, 백작이 꿋꿋하게 버티도록 여자아이가 도왔다.

「부인, 감사합니다만 엄마가 걱정하실 거예요.」

「로잘바라고 부르려무나. 말도 그냥 편하게 하고. 알겠니?」

「예, 그럴게요.」 그 두 가지 가능성 중 어느 것도 실현되지 않았으면 좋겠다는 표정으로 아이가 대답했다.

「얘기를 나눌 상대가 필요하면 언제든지 연락하렴.」 점쟁이가 아이에게 명함을 건네며 덧붙였다.

마치 그 일이 그녀에게 그의 처신을 감시할 권리를 부여하기라도 하는 것처럼, 그녀는 느빌을 다시 자기 방으로 데리고 갔다.

「따님에게 좀 더 따뜻하게 대해 주셔야 할 거예요.」

그가 그러지 못한 건 순전히 아이 탓이라고 항의하려는데, 그녀가 느닷없는 질문으로 그를 당황시켰다.

「따님 이름을 왜 그렇게 지으셨어요?」

「뭐가요?」

「딸 이름을 세리외즈[2]라고 짓는 사람은 없어요.」

「왜 그렇게 지으면 안 되죠?」 백작은 이렇게 대답하며 〈당신 이름도 로잘바잖아, 이 아줌마야〉라고 생각했다.

「열일곱 살 때 〈세리외즈〉한 사람은 아무도 없어요.」

「문법적인 실수를 저지르셨네요. 〈사람〉은 그냥 남성형으로 씁니다.」[3]

점쟁이가 못 말리겠다는 듯이 고개를 절레절레 흔들었다.

「아무래도 문제가 좀 있으신 것 같네요.」

「됐습니다, 부인. 딸애를 구해 주셔서 심심한 사의를 표하는 바입니다만, 동의하신다면 여기까지만 하죠.」

---

2 *Sérieuse.* 보통 명사로는 〈심각한 여자〉, 여성형 형용사로는 〈심각한〉이라는 뜻이다.

3 일반적인 사람*On*이 주어일 경우에는 남성형 형용사 세리외*sérieux*를 써야 한다.

차를 타고 성(城)을 향해 가는 동안, 느빌은 가출한
딸을 되찾은 아빠처럼 행동하려고 애썼다.

「나한테 무슨 할 말 있니, 얘야?」

「딱히 없어요, 아빠.」

「그런데 왜 집을 나갔지?」

「전 그냥 숲에서 밤을 지새워 보고 싶었을 뿐이에요.
그런데 그 점쟁이 아줌마가 절 발견하고는 그걸 가출
이라 불렀죠. 그 아줌마 아니었으면 전 새벽에 제 방으
로 돌아갔을 거고, 무슨 일이 있었는지 아무도 몰랐을
기예요.」

「왜 그 아줌마한테는 그 얘길 안 했니?」

「했어요. 그런데 믿질 않았죠. 그 아줌마는 사춘기 아이들은 가출을 한다고 생각해요.」

「그런데 왜 숲에서 밤을 지새워 보고 싶었지?」

「어떤지 알고 싶어서요.」

「이번이 처음이냐?」

「네.」

「추워서 죽을 수도 있었단다.」

「9월의 밤이 그렇게 추울 줄은 저도 몰랐어요.」

백작은 그 행동에 흠잡을 게 전혀 없다고 생각했다.

「나도 네 나이 때 너처럼 숲에서 밤을 지새워 본 적이 있다는 거 아니?」

「아, 그래요?」

「너만 괜찮다면 엄마한테는 얘기하지 말기로 하자꾸나. 걱정할 테니까.」

「알았어요.」

느빌이 딸과 대화다운 대화를 나눈 걸 뿌듯해하며 긴장을 푸는데 문득 점쟁이가 한 예언이 떠올랐다. 10월 첫째 주 일요일에 그 유명한 플뤼비에성의 연례 가든파티가 열릴 예정이었다. 그것은 외진 지방, 벨기에 아르

덴의 사교 행사였다. 그것을 취소하는 것은 꿈도 꿀 수 없는 일이었다. 그 행사에서 자신이 초대 손님 중 하나를 살해하게 될 거라는 생각에 느빌은 소름이 끼쳤다. 그럴 수는 없었다. 플뤼비에성에서 열리는 마지막 가든파티에서 그런 끔찍한 일을 저지르게 될 거라니!

아닌 게 아니라 가문이 파산했기 때문에 11월 2일부터는 그 성에 들어갈 권리가 없었다. 그런 만큼 느빌은 그 마지막 가든파티에 더 큰 의미를 부여했고, 손님들을 즐겁게 해줌으로써 마지막으로 가문의 영광을 빛낼 작정이었다. 그런데 손님 중 한 명을 살해할 거라니, 도저히 있을 수 없는 일이었다.

갑자기 타이어에 펑크가 났다. 아버지도 딸도 타이어를 바꿔 끼울 줄 몰랐다.

「플뤼비에까지 2킬로미터밖에 안 되니 걸어가자꾸나. 자동차는 네 오빠를 보내서 가져오게 하고.」

운전할 때 말을 하지 않는 것은 정상일 뿐만 아니라 바람직하기까지 하다. 그것은 운전에만 집중하는 사람의 태도다. 딸과 나란히 걸으면서 말을 하지 않는 것은 훨씬 논란의 여지가 있다. 백작은 때와 장소에 걸맞은

15

얘깃거리를 찾아내려고 애썼다.

「숲에서 보낸 밤 얘기 좀 해주겠니, 애야?」

「처음에는 모든 게 경이로웠어요. 올빼미가 울고, 공기에서 좋은 냄새가 났죠. 낙엽을 베개 삼아 이끼 위에 누웠는데, 산토끼들이 달아나는 소리가 들렸어요. 그런데 곧 추위로 온몸이 덜덜 떨렸고, 모든 게 적대적으로 변했죠.」

「집으로 돌아올 수도 있었잖니, 담요를 가져가기 위해서라도.」

「안 돌아가겠다고 다짐했거든요.」

백작이 웃었다. 그런 종류의 내기가 청소년들에게 있어 전형적인 것으로 보였기 때문이었다.

「게다가 포르탕뒤에르 부인이 불쑥 나타났어요. 망토를 벗어 날 덮어 줬죠. 친절하긴 했지만 약간…… 어떻게 표현해야 할지 모르겠어요.」

「무슨 말인지 알 것 같구나.」

「부인은 자정이 넘은 시각에 따야만 하는 특별한 버섯을 찾고 있었어요.」

「저런, 저런.」

「아마 점을 보는 데 필요했나 봐요.」

느빌은 그 부인의 당부를 떠올렸다. 그녀는 그에게 딸의 〈르상티〉에 관심을 가지라고 권했었다. 그는 세리외즈에게 그런 정신적 외상이 없기를 바라면서 실험을 시도했다.

「네 르상티에 대해 말해 보려무나, 애야.」

「저의 뭐요?」

「네 르상티.」

그는 그 용어를 입에 담는 것만으로도 창피했다.

「죄송한데요, 아빠, 그 질문은 우스꽝스러워요.」

마음이 놓인 그는 침묵을 지켰다.

멀리, 숲에 에워싸인 성탑이 보였다. 백작은 딸도 자기처럼 감동에 휩싸여 있다고 느꼈다. 그들이 그곳을 얼마나 사랑하는지! 곧 그곳을 잃게 될 거라는 생각에 얼마나 힘들어하는지!

가장 견디기 힘든 것은 더는 그 안식처를 지킬 수 없게 되리라는 사실이었다. 벨기에에는 역사적 기념물을 보호하기 위해 제정된 법이 없었다. 미래의 소유주들이 1799년에 지어진 그 성과 주변의 오래된 숲을 밀어 버린다고 해도 그것을 막을 수 있는 것은 없었다. 그 꿈의 장소를 더 이상 소유하지 못하는 것은 그리 심각하지 않았다. 하지만 그것이 파괴되는 것은 가설만으로도 그 두 사람을 숨 막히게 했다.

「참 슬픈 일이에요.」

「그래.」

무엇이든 한마디라도 덧붙이는 게 부적절하다고 그들은 여겼을 것이다. 2014년에 가문의 성을 잃게 됐다고 한탄하는 게 외설적으로 들릴 거라는 사실을 그들은 알고 있었다. 느빌이 상기하듯, 플뤼비에성을 그토록 오랫동안 간직할 수 있었던 것만 해도 이미 대단한 일이었다.

그래도 그들은 성 발치에 있는 집, 예전에 소작인들이 살았던 오모니에르는 간직할 터였다. 다시 말해, 집 없는 사람들이 되지는 않을 터였다. 하지만 성과 숲이 파괴될 경우, 그들은 그 재난을 가장 가까운 곳에서 지켜보는 사람들이 될 터였다.

「어디 다녀오세요?」 남편과 막내딸이 돌아오는 것을 본 백작 부인이 물었다.

「미사에.」 느빌이 둘러댔다.

「미사요? 갑자기 웬일이에요?」

「저한테 르상티가 있어서요.」 세리외즈가 말했다.

「그게 뭔데?」

「웃자고 하는 얘기요.」 백작이 대답했다. 「오레스트, 오는 길에 그만 타이어 펑크가 났구나. 마을과 성 중간 쯤 길가에 세워 두고 왔으니 네가 좀 맡아 주겠니?」

청년은 곧 그곳으로 출발했다. 느빌은 기계를 아주 잘 다루고 현대 생활에 쉽게 적응하는, 스물두 살의 그

19

건장한 청년을 아들로 둔 것이 그저 놀랍기만 했다. 아름답고 매력적이며 다재다능한 스무 살배기 딸 엘렉트르를 볼 때도 그는 똑같이 당황스러울 정도의 자부심을 느꼈다. 그가 자신을 닮았다고 여기는 유일한 자식은 만사에 서툴고 말이 없으며 어딘지 불편해 보이는 세리위즈였다.

누가 그에게 왜 큰아이 둘의 이름을 오레스트와 엘렉트르로 지었냐고 물으면, 그는 당연한 걸 왜 물어보느냐는 듯이 훌륭한 집안에서는 다들 그렇게 짓는다고 대답했다. 그럼 왜 일관성 있게 막내딸 이름을 이피제니로 짓지는 않았느냐고 물으면 그는 이렇게 답했다.[4]

「제가 부모 살해는 참아도 자식 살해는 못 참거든요.」

그는 누가 이 주제와 관련해 꾸짖으면 참지 못하고 발끈했다. 그는 자식들에게 몰상식한 이름을 지어 주는 이 시대에 그나마 자신의 선택이 온건하고 고전적이기까지 하다고 생각했다.

4 오레스트, 엘렉트르, 이피제니는 모두 트로이 전쟁을 일으킨 아가멤논의 자식들이다. 바람이 불지 않아 트로이 원정을 떠난 배들이 움직이지 않자 아가멤논은 여신 아르테미스의 노여움을 풀기 위해 막내딸 이피제니를 산 제물로 바친다.

사람들이 그를 가장 많이 탓한 것은 셋째의 이름 때문이었다.

「〈심각한〉게 이름으로 지어 줄 만큼 중요한 가치라고 생각하세요?」

「물론이오. 게다가 내가 지어낸 것도 아니지. 에르네스트라는 이름도 심각하다는 의미니까.」

「그럼 에르네스틴[5]이라고 짓지 그랬어요?」

「에르네스틴은 추하잖소. 세리외[6]도 그리 아름답지 않지만, 세리외즈는 아주 훌륭하지.」

「귀족들은 모조리 이름이 괴상하다고 주장하는 사람들에게 빌미를 준다는 느낌 안 드세요?」

「이것 보세요, 제 아내와 제 이름은 흔하디흔한 알렉상드라와 앙리라고요.」

하지만 느빌만큼 아내에게 푹 빠진 남편은 흔히 볼 수 없었다. 스무 살 연하인 알렉상드라를 만났을 때 그의 나이 마흔이었다. 그는 눈부시도록 아름다운 그 처녀에게 첫눈에 반하고 말았다.

5 Ernestine. 에르네스트Ernest의 여성형.
6 Sérieux. 세리외즈의 남성형.

당시에 이미 그는 벨기에에서 가장 명망 높은 골프 클럽, 라벤스테인을 이끌며 끊임없이 사교 행사를 벌였다. 그는 부자는 아니었지만 아주 좋은 평판을 누렸다. 그럼에도 그의 감정생활은 실패의 연속이었다. 그는 자신이 총각으로 생을 마감할 운명에 처해졌다고 느꼈다.

「넌 늘 너에 비해 너무 아름다운 여자들을 택하는 게 문제야.」 친구들은 그에게 이렇게 말하곤 했다.

아름다움이 그에게 그토록 엄청난 영향력을 행사하는 건 그로서도 어쩔 수가 없었다. 자신처럼 외모가 좀 달리는 아가씨들에게 반하려고 애써 보긴 했지만 소용이 없었다.

여성적인 아름다움은 그에게는 강력한 마약과도 같았다. 느빌은 아주 아름다운 여성 앞에서는 넋을 잃고 말았다. 내성을 기르지 못한 채 끊임없이 주변을 맴돌며 그녀만 바라보았다.

알렉상드라는 그가 빠져들었던 아가씨들보다 훨씬 더 눈부신 아름다움을 지니고 있었다. 그는 가능성이 전혀 없다고 생각했지만, 그건 잘못된 생각이었다. 두 번째 만남에서 그녀가 외쳤다.

「저 당신이 마음에 들어요! 우리, 서로 말 편하게 할까요?」

다른 장점도 많았지만, 알렉상드라는 무엇보다도 열의가 넘쳤다. 앙리는 미친 듯이 사랑에 빠져들었다. 하지만 그의 집안은 하찮은 귀족 가문 출신인 그 아가씨를 향한 그의 열정을 함께 나누지 않았다.

다혈질인 그의 아버지, 오카생 느빌은 그 결혼에 반대했다.

「그 아가씨와 결혼은 안 된다. 다 널 위해서 이러는 거야. 넌 오로지 그 아이의 아름다움 때문에 그 아이를 사랑하는 거야. 그 아이가 더는 아름답지 않게 될 때, 너는 나한테 고마워하게 될 게다.」

앙리는 꿋꿋하게 버텼다. 당시는 1990년이었기 때문에 그는 결혼을 하는 데 부모의 동의가 전혀 필요치 않다고 생각했다. 그는 아버지를 사랑하고 존경했지만, 가문이 시원찮다는 이유로 알렉상드라를 내치는 데에는 분개했다.

결혼식은 라벤스테인의 화려한 정원에서 거행되었다. 앙리와 알렉상드라가 4년 전부터 사랑을 다져 왔기 때문에 그것은 이미 검증된 결합이었다. 그럼에도 오카생은 그 결합이 불행에 이르고 말 것이라고 예언했다. 그러고는 얼마 지나지 않아 세상을 떴다.

느빌은 아버지의 뜻을 어긴 게 참 잘한 일이라고 생
각했다. 알렉상드라와 결혼한 것은 그가 내린 생애 최
선의 자발적 결정이었다. 오카생은 모든 점에서 틀렸
다. 앙리는 단지 아름다움 때문에 알렉상드라를 사랑
한 것은 아니었다. 게다가 그녀의 아름다움은 세월이
갈수록 오히려 점점 더 빛을 발했다. 마흔여덟 살의 알
렉상드라는 스무 살 때보다 더 눈부셨다. 언제나 밝은
그녀의 기운은 그를 비롯해, 그녀와 교제하는 모든 사
람들에게로 번져 갔다. 그녀가 없었다면, 그도 알다시
피, 기질로 보건대 그는 틀림없이 우수에 빠져들고 말
았을 것이다.

그는 아내를 처음 봤을 때보다 지금, 훨씬 더 많이 사랑했다. 오레스트와 엘렉트르는 그녀의 아름다움을 물려받았다. 〈모든 것을 결혼처럼 성공했다면 나는 세상에서 가장 행복한 남자가 됐을 거야.〉 그는 이렇게 생각했다.

거의 그렇게 될 뻔했다. 그런데 아뿔싸, 돈이 따라 주질 않았다. 그는 돈이 철철 넘치는 라벤스테인을 경영하면서 비극적일 정도로 청렴했기 때문에 그보다 조금만 덜 양심적인 사람이라면 누구라도 됐을 백만장자가 되지 못했다.

3년 전 은퇴한 이래로 생활 규모를 줄여 봤지만 피할 수 없는 것을 막을 길이 없었다. 그는 성을 팔 수밖에 없었다.

「누구에게 팔리는지 알 수만 있다면!」 그는 이렇게 말하곤 했다.

이 위기의 시기에 귀족 사회에서 정직하다고 알려진 거의 모든 사람이 자신의 성을 팔았다. 케테니스가(家)는 메를르몽성(城)을, 노통브가는 퐁 두아성을 팔았다. 느빌은 플뤼비에성이 메를로몽성처럼 다른 벨기에 귀족 가문에 팔리는 명예로운 운명을 겪었으면 하고 바랐다. 그 귀족 가문 대다수가 서로 인척 관계를 맺고 있었기 때문에 케테니스가는 그들의 영지를 잃는 느낌을 받지 않았다.

하지만 그보다는 존경할 만한 누군가가 플뤼비에성을 원해야만 했다. 그런데 그게 쉽질 않았다. 그의 눈에는 플뤼비에성이 아름답고 우아하게만 보였지만, 다른 사람들에게는 그저 한 번 쳐다보는 것만으로도 손봐야 할 것을 진단하기에 충분했다. 지붕은 무너져 내렸고, 건물에서는 불편과 쇠락의 기운이 풍겼다. 한때 매력적이었으나 지금은 그렇지 않은 처녀를 시집보내려는 것이나 마찬가지였다. 〈그건 협상을 하면 돼.〉 느빌은 이렇게 생각하며 스스로 용기를 북돋웠다.

아뿔싸, 그것이 그가 원한다고 되는 일이 아니라는 건 그도 알고 있었다. 유일하게 성을 사겠다고 나서는 사람이 러시아 마피아 두목이라 할지라도, 그로서는 까다롭게 굴 처지가 아니었다. 그는 벨기에 아르덴 지방 오지에 있는 이름 없는 성이 모스크바 악당들의 관심을 끌 리 없다고 생각하며 마음을 다독였다.

가장 끔찍한 것은 패스트푸드 체인이 플뤼비에성을 사서 낡은 벽들과 숲을 밀어 버린 다음 디즈니의 영광을 위해 식당, 주차장, 놀이공원을 짓는 것이었다.

그 생각은 악몽이 되었고, 느빌은 식은땀에 흠뻑 젖은 채 한밤중에 깨어나곤 했다. 그럴 때면 심적인 동요가 너무 커서 그는 그로부터 벗어나기 위해 10월 4일에 열릴 가든파티를 상상했다. 그랬다, 그가 플뤼비에성에 바칠 그 마지막 잔치는 정말이지 멋질 것이다. 잔치는 백조의 노래처럼 가슴을 에는 광휘를 내뿜을 것이다. 그 지방의 10월 첫째 일요일이 늘 그렇듯 날씨는 청명할 것이고, 후광으로 성벽들을 둘러싸는 너도밤나무들은 절대적인 젊음보다 더 가슴 깊이 와닿는, 붉게 물들기 시작하는 잎들을 뽐낼 것이다. 가을 햇살은 뭐라 표현할 수 없는 성 전면의 밝은 적색, 성을 보러 온 사람들이 곧바로 〈다시 칠해야겠네요!〉라고 말해 느빌에게 죽이고 싶은 욕망을 불러일으켰던 그 색깔을 정화할 것이다.

점쟁이의 말이 다시 떠올랐다. 〈그 파티에서 당신은 초대 손님 중 하나를 살해하게 될 겁니다.〉

앙리는 생각했다. 〈그런데 이 예언, 어디선가 들어 본 것 같은데…….〉 문득, 그는 그와 비슷한 이야기가 담긴 오스카 와일드의 콩트를 기억해 냈다. 플뤼비에성의 도서관은 완전히 뒤죽박죽이어서 거기서 책을 찾는 것은 기적에 가까웠다.

그래서 느빌은 마을 서점에 가는 쪽을 택했다. 폴리오 문고 도서 목록에서 그는 오스카 와일드의 『아서 새빌 경의 범죄』를 찾아냈다. 서점에는 딱 한 권밖에 남아 있지 않았다. 성으로 돌아온 앙리는 서재에 처박혀 책을 탐독했다. 젊었을 때 별생각 없이 킬킬거리며 그 이야기를 읽었던 그는 이제 와서야 그 내용의 심각성을 깨달았다.

미친 듯이 사랑하는 여인, 아름다운 시빌과의 결혼을 앞둔 아서 새빌 경은 런던의 한 저녁 파티에 참석했다가 유명한 점쟁이에게서 손금을 보게 되는데, 점쟁이는 그가 머지않아 범죄를 저지르게 될 거라고 예언한다. 절망에 빠진 아서 경은 밤새 거리를 헤매다가 결혼을 연기한다. 사랑하는 여인과 운명을 합치기 전에 그 더러운 예언을 떨쳐 버려야 했으니까. 관심 있는 독자들 ── 많길 바란다! ── 의 즐거움을 망치지 않기 위해 그 영국 귀족이 의무와 예절, 그리고 사랑의 요구 사이에서 갈등하며 겪게 되는 우여곡절을 여기서 시시콜콜 늘어놓지는 않을 것이다.

〈내가 이 가엾은 아서 경을 비웃었다니!〉 책을 덮으며 느빌은 생각했다. 〈게다가 내 경우는 그의 경우보다 천배는 더 안 좋아. 그는 단지 자신이 누군가를 죽이게 될 거라는 사실만 알아. 그런 일은 사고나, 얼마든지 변호할 수 있는 수많은 다른 이유로 인해 누구에게나 일어날 수 있어. 하지만 난 손님을 죽이게 될 거야, 내가 여는 파티에서!〉

장장 42년 동안 라벤스테인을 경영했기 때문에 앙리는 접대의 예술을 터득하고 있었다. 서클에서 그가 하는 일은 무엇보다 칵테일파티를 준비하는 데 있었다. 사람들은 골프에 전혀 관심이 없어도 라벤스테인을 방문했다. 라벤스테인에서 약속을 잡는 것은 세련의 극치였다. 클럽 식당은 평판이 아주 좋았고, 바의 분위기는 고색창연한 매력을 풍겼다. 하지만 그중 최고는 정원이었다. 느빌은 가든파티를 아주 특별하게 여는 것으로 정평이 나 있었다.

은퇴를 앞두고 있을 무렵, 그는 매달 천 명씩 접대했다. 이러한 이유 때문에 그가 초대 손님에 관한 고도의 신화학(神話學)을 펼치는 것은 자연스러운 일이었다. 앙리는 초대 손님을 인간이라는 종(種) 가운데 선민으로 간주했다.

초대 손님은 오래전부터 자기 집에 모시기를 희망했던 사람, 극도의 주의를 기울여 손님맞이를 준비해야 하는 사람이다. 미리 계획해 그의 환심을 살 기회를 안배해 둬야 하고, 그에게 조금이라도 불쾌감을 줄 수 있는 것은 철저히 피해야 한다. 이 때문에 손님에 대해 이 것저것 알아봐야 하지만, 그렇다고 조사를 너무 깊이 해서는 안 된다. 무례한 호기심이라고 여길 수도 있으니까.

요리 선택이나 개별적인 취향만 놓고 보더라도, 준비가 벌써 만만치 않았을 터였다. 하지만 가장 중요한 것은 손님들 간의 조화였다. 다른 손님들이 그 손님과 잘 어우러져야 했다. 손님 간의 궁합에 관한 연구는 곤충학에 속했다. 가끔 이러이러한 손님이 저러저러한 손님과 함께 있으면 즐거워할 거라고 믿었다가, 막상 파티 때 그들이 서로 미워하는 것을 발견하기도 했다. 그 감정이 갑작스레 드러났든, 주최 측이 그들의 관계에 있어서 일화 하나를 놓쳤든. 만약 그렇다면 그것은 그 자체로 큰 잘못이었다.

이 모든 것은 초대 손님을 일종의 메시아로 만들었다. 그에게 바쳐야 하는 예배는 그리스도에게 안배된 예배보다 훨씬 복잡했다. 그리스도의 계명이 비교적 명료한 반면, 초대 손님의 계명은 세심하기 그지없는 집주인도 다 지킬 수 없는 그런 것이었다. 그렇다고 그것들을 어겼을 경우 더 관대한 판결이 나오는 것도 아니었다. 당신이 별 뜻 없이 〈여보게, 친구, 모디아노의 신작은 읽어 봤는가?〉라고 물을 경우, 손님은 〈허허 참, 소설은 절대 안 읽는다고 내 자네에게 몇 번이나 말했나?〉라고 대답할 수도 있었다. 이 경우, 당신은 이전의 대화 내용을 잊어버린 죄인이 되고 말 것이다.

이런 종류의 실수가 너무 자주 발생할 경우 곧바로 징계가 내려졌다. 다시 말해, 초대 손님은 불쾌감의 신호들을 보냈다. 그는 당신의 접대를, 그리고 아마도 당신이라는 사람 자체를 그리 높게 평가하지 않았다. 당신은 그를 맞이하기 위해 철저히 준비하지 않았다. 이러한 요령 부족은 당신에게 치명적일 수 있었고, 당신은 그가 또다시 초대를 받아들인다면 스스로 행복한 사람이라고 여길 수 있었다. 이러한 종류의 실수들이 몇 차례 반복된다면, 당신은 이 무시무시한 카드를 받게 될 터였다. 〈F. 드 C. 남작께서는 귀하의 친절한 초대에 심심한 감사의 말씀을 드립니다. 하지만 애석하게도 선약이 잡혀 있어 귀하의 초대에 응하지 못하시게 되어……〉 그리고 당신은 당신이 그를 초대해 대접하고자 한 날 저녁, 남작이 당신 것보다 나중에 도착한 초대에 응했다는 사실을 알게 될 터였다.

앙리에게는 사람들이 귀빈 운운하는 것이 충격적이었다. 이 끔찍한 의미 중복은 귀하지 않은 초대 손님도 있을 수 있었다는 것을 가정하게 했다. 물론 왕을 어린 시절 친구 대접하듯 대접할 수 없다는 건 그도 알고 있었다. 그렇지만 그는 고대의 태수를 모시는 예우를 갖춰 손님 하나하나를 영접했다.

다행스럽게도 그 숱한 노력은 헛되지 않았다. 느빌

은 초대 손님들을 행복하게 해주는 예술에 있어서 대가
로 통했다. 그 분야에서 그가 모신 최고의 스승은 80년
대 초에 그가 라벤스테인에서 접대한 적이 있는 보두앵
왕(王)이었다. 그 기념할 만한 저녁 파티 내내, 그는 왕
이 어떻게 행동하는지 주의 깊게 관찰했다. 왕은 누구
에게나 오래전부터 꼭 한 번 만나 보고 싶었던 것처럼
말을 걸었다. 그는 온몸이 하나의 귀가 된 것처럼 상대
방의 말을 경청했다. 느빌은 그처럼 숭고한 공손함에
큰 감명을 받았고, 결코 다른 지도자는 섬기지 않겠다
고 다짐했다. 자신이 그와 어깨를 나란히 할 수 있다고
믿었기 때문이 아니라, 그를 통해 얼핏이나마 사교술의
성배(聖杯)를 볼 수 있었기 때문이었다.

따라서 로잘바 포르탕뒤에르의 예언은 그에게는 신
념과 예술의 파괴나 마찬가지였다. 그것은 이름난 주
방장에게 그가 며칠 후 있을 중요한 경연에서 그 자신
이 전설의 반열에 올려놓은 요리를 실패하게 될 거라
고, 나아가 그가 독이 든 요리를 내놓을 것이고, 요리
비평계의 스타가 그 요리를 먹고 죽을 거라고 말하는
것이나 진배없었다.

만약 그의 친구 중 하나가 유사한 예언을 듣고 앙리에게 그 사실을 털어놓았다면, 그는 웃음을 터뜨리고는 확신에 찬 말투로 그런 터무니없는 이야기는 믿지 말라고 했을 것이다. 불행하게도 그 역시 거의 모든 사람들과 똑같았다. 그는 예언을 믿지 않았지만, 그것이 자신과 관계된 경우에는 그렇지 않았다. 데카르트를 신봉하는 철저한 회의론자라 할지라도 자신의 별자리 운세는 믿는다.

「방금 들었는데, 어떻게 된 일이에요?」 알렉상드라가 남편의 서재로 들어서며 물었다. 「세리외즈가 가출했다면서요?」

「조금 전에 보니까 창밖에 있던데.」

「지금 말고 지난밤에요. 앙리, 제발. 방금 점쟁이한테 전화로 들었어요.」

「그 점쟁이, 참 대단하네!」

「왜요? 우리 딸 목숨을 구해 줘서요?」

「목숨을 구해 준 게 아니오. 세리외즈는 아름다운 별을 바라보며 밤을 지새워 보고 싶었을 뿐이라오.」

「그런 류의 모험을 권장한다고 말하진 마세요.」

「난 반대하지 않소. 나도 그 나이 땐 그랬으니까.」

「위험하잖아요.」

「도시로 외출을 나가는 것보단 훨씬 덜 위험하지. 게다가 세리외즈가 모처럼 또래 애들처럼 굴었는데, 그 포르탕뒤에르라는 부인이 훼방을 놔서 난 도리어 유감이오.」

「당신은 그 어린것이 숲에서 꼬박 밤을 새면 그저 좋구나, 하겠군요?」

「그걸 말이라고. 유익하고 시적이잖소. 그런데 그 멍청한 아줌마가 주제넘게 다음 날 나한테 전화를 걸어 우리 애가 가출을 했다고 알렸단 말이오! 가출, 가출이라니!」

「걱정되진 않았고요?」

「걱정되긴 했지. 가출이라고 하면 곧바로 뭔가 심각한 것을 상상하게 되니까. 세리외즈가 내게 사실대로 얘길 해줬다오. 그러니 그 점쟁이 말은 귀담아듣지 말아요, 제발. 트리스탄과 이졸데가 야밤에 숲에서 재회했을 때 둘 다 우리 딸아이 나이였소.」

「트리스탄이 있기만 하다면야!」

「차차 나타날 거요.」

알렉상드라는 한숨을 내쉬며 서재를 나섰다. 백작이
나 백작 부인이나 막내딸에 대해 깊은 실망감을 느끼
고 있었다.

하지만 한때 세리외즈는 그들의 가장 큰 자랑거리였
다. 그토록 발랄하고 총명하며 쾌활한 아이는 한 번도
본 적이 없었다. 오빠나 언니처럼 외모가 잘나지는 않
았지만, 한마디로 놀라운 아이였다. 학교에서는 입이
떡 벌어지는 성적을 거뒀고, 수시로 떠들썩한 선언을
했으며, 자기 반 학생 모두에게 배역이 돌아가는 희곡
을 쓰기도 했다. 살고자 하는 그녀의 욕망에는 한계가
없는 것처럼 보였다.

그 외에도, 그녀는 가족에게 깊은 애정을 보였다. 부
모와 언니에게는 애교를 부려 귀여움을 받았고, 짓궂지
만 사랑스러운 장난으로 오빠를 골려 주었다. 간단히
말해, 그토록 다정다감한 아이는 한 번도 본 적이 없었
다. 사람들은 그 아이가 세상을 떠들썩하게 하는 큰 인
물이 될 거라고 예언했다.

그런데 만 열두 살 반이 되었을 때 세리외즈는 뚜렷

한 이유 없이, 하루가 다르게 시들어 갔다. 사람들은 더는 그녀의 재잘거림을 들을 수 없었다. 그녀는 침울하고 소심하고 고독하게, 마치 삶의 충동을 박탈당한 것처럼 변해 갔다. 탁월했던 학업 성적은 변변찮을 정도로 떨어졌다. 더 심각한 것은 아무것에도 관심이 없어 보인다는 점이었다. 그녀는 방에 틀어박혀 멍한 표정으로 고전들만 줄기차게 읽어 댔다.

알렉상드라가 그녀에게 무슨 일이 있느냐고 물었다. 아이는 따분한 표정을 지으며 아니라고 대답했다. 엄마가 자꾸 캐묻자, 그녀는 마침내 성장하는 게 피곤하다는 답변을 내놓았다. 더는 캐물을 수 없었던 백작 부인은 남편에게 그 말을 전했다.

「당신은 어떻게 생각해?」 그가 물었다.

「가끔, 사춘기가 아이들을 망쳐 놓기도 해요. 제 동생 베아트리스도 열두 살까지는 활기차고 익살스럽고 재치가 넘쳤다고요. 그런데 우리 세리외즈처럼 사춘기를 거치면서 당신이 아는 슬픈 여자가 되어 버렸죠.」

앙리는 그 변신을 별것 아닌 양 이야기하는 아내의 말투에 큰 충격을 받았다. 애지중지하던 딸이 제 이모처럼 우울한 여자로 변한다고 생각하자 온몸에 소름이 돋았다. 그는 그 대화를 그만두는 편이, 언젠가 세리외즈가 그 저주 비슷한 것에서 벗어나리라는 희망을 간직하는 편이 낫겠다고 생각했다.

그가 소위 어린 딸의 가출을 고무적으로 받아들인 것도 그 때문이었다. 5년 만에 처음으로 세리외즈가 삶의 신호를 보냈던 것이다. 앙리는 그것을 깨어남의 전조로 보고 싶었다.

정말이지 그 점쟁이 여자는 그를 너무 짜증 나게 했다. 그녀는 세리외즈의 모험을 중단시켰고, 그가 가든 파티 중에 초대 손님 한 명을 살해할 거라고 예언했으며, 알렉상드라에게 전화를 걸어 딸아이가 가출을 했었다고 알렸다. 자기가 뭔데, 아무것도 부탁한 적 없는데, 왜 자꾸 끼어드는 거야?

화가 치민 그는 초대장을 집어 로잘바 포르탕뒤에르 앞으로 짤막한 편지를 썼다.

부인,
제 아내에게 전화하셨더군요. 그런 일은 두 번 다

시 하지 말아 주시면 고맙겠습니다.

그리고 자정 이후에 또다시 숲에서 제 딸과 마주치게 되면, 제 허락이 있었다는 걸 염두에 두시고 그냥 놔두시길 바랍니다.

끝으로 하나 더 덧붙이자면, 당신의 예언 따윈 사절입니다.

짜증이 난 제 르상티를 믿어 주시길 바라며,

앙리 느빌

그는 임무를 완수한 것처럼 흡족해하며 그 편지를 부쳤다.

〈불면증이 있는데 지옥은 또 뭐 하러 만들었을까?〉
백작은 이렇게 생각했다.

자정에 잠자리에 든 그는 한 시간 후 식은땀에 흠뻑
젖은 채 깨어났고, 그 후로 두 번 다시 잠들지 못했다.
새벽 4시, 불안으로 뒤척이던 그는 자리에서 일어나 잠
옷 위에 외투를 걸치고 밖으로 나갔다.

〈세상에나, 곧 이날을 그리워하게 될 거라니! 이제
10월, 플뤼비에에서 보내게 될 내 삶의 마지막 달이군.
내가 이 저주받은 성에 이렇게 애착만 없어도!〉

그는 정원 끝까지 걸어가 새벽이슬에 젖은 벤치에 앉
았다. 아직 짙은 어둠에 묻혀 있는 성이 마주 보였다.

앙리는 해가 뜬 후보다 어두울 때 더 잘 구별할 수 있을 정도로 그 성을 잘 알았다.

〈그래, 내 가장 오래된 사랑아, 이제 곧 난 널 버릴 거야. 내가 청렴하지만 않았다면 주머니를 가득 채울, 수많은 기회가 있었을 거야. 널 팔지 않아도 됐을 거고. 모두가 날 우스꽝스럽게 여긴다는 걸 나도 알아. 하지만 내가 보기에 명예는 도둑질을 용인하지 않아.〉

어두운 숲이 그가 어릴 적 병사들에 비유했던 그림자들로 그를 에워쌌다. 침략자들이 그 신성한 곳을 훼손하러 오는 걸 막기 위해서라면 군대를 동원해도 지나치지 않았을 것이다.

〈성에서 산다는 것, 그게 어떤 건지 사람들이 안다면! 내 사랑아, 너 때문에 난 열여덟 살까지 굶주림에 시달렸고, 매년 겨울 살을 에는 추위에 떨었어. 이곳 겨울이 반년 동안 지속된다는 것은 주님께서 아셔! 증오가 사랑에 가깝다는 건 맞는 말이야. 1958년 겨울, 루이즈 누나가 치료도 제대로 못 받고 죽었을 때, 난 널 증오했어. 당시 난 열두 살, 누나는 열네 살이었지. 우린 그녀의 병명을 입 밖에 낼 권리가 없었어. 하지만 영양

실조와 추위가 그 병을 악화시킨 건 분명했어. 난 성인이 되기 전에 붉은 고기를 먹어 본 적이 없었어. 하지만 내 마음을 산산조각 내놓은 건 그게 아니었어. 내 아버지 오카생은 루이즈를 미친 듯이 사랑했어. 그는 단지 생활을 바꿀 수가, 겉치레에 모든 것을 희생시키지 않을 수가, 찢어지는 가난에 시달려야 할지라도 한 달에 한 번은 벨기에 귀족을 초대해 호화롭게 대접하지 않을 수가 없었을 뿐이야.〉

앙리는 루이즈의 차가운 시신 주위에 모인 가족을 떠올리고는 몸서리쳤다. 어머니는 슬피 울었고, 어린 누이들은 영문도 모른 채 쳐다보기만 했으며, 아버지는 눈물을 말리며 그에게 말했다. 「이젠 네가 맏이다.」

〈난 아버지와는 달라. 접대의 예술이 날 사로잡긴 해도, 난 널 위해 가족의 행복을 희생시킨 적이 없어. 내 가장 오래된 사랑아, 내 누나를 죽인 너, 루이즈가 죽은 후, 난 너에게서 정을 떼려고 애썼어. 그런데 성공하지 못했지. 네 안에 거주하는 것은 사는 게 아니라 널 지키는 거야. 포위당한 군사들이 요새를 지키는 것처럼. 이게 바로 내가 열두 살 때 뼛속 깊이 깨달은 거야. 루이

즈는 느빌 가문이 이 플뤼비에 땅에 뿌리를 내린 이후
로 계속 이어져 온 전투에서 사망한 거야. 난 태어나서
지금까지 이 진지를 잘 지켰어. 난 예순여덟의 나이에
내가 태어나기도 전에 시작된 전쟁에서 패하고 있어.〉

하지만 그는 그곳에서 보낸 어린 시절을 사랑했다.
루이즈와 함께 지하 통로를 돌아다니며 놀고 드넓은
숲을 탐험했을 때를 떠올리면 얼마나 가슴이 설레는
지! 오카생은 변호사였다. 그는 아를롱 중죄 재판소에
서 독살 혐의를 받은 여자를 변호해 명성을 떨쳤다. 그
를 유명하게 만든 변론에서 그는 상식 밖의 논거를 동
원했다.

「배심원 여러분, 저는 이 여성의 결백을 확신합니다.
그래서 그 증거를 여러분에게 제시하려 합니다. 여러분
이 그녀에게 무죄를 선고해 주신다면, 저는 그녀를 저
의 네 아이를 위한 요리사로 고용할 것을 여러분 앞에
서 맹세합니다.」

크게 감명받은 배심원단은 만장일치로 무죄를 선고
했고, 오카생은 약속을 지켰다. 카르멘 외블로는 플뤼
비에성의 정식 요리사라는 직위를 얻었다. 직위야 번지

르르했지만, 사실 그녀는 별로 할 일이 없었다. 요리할 게 거의 없었으니까. 은유적인 표현이 아니라, 느빌가 (家) 사람들은 그야말로 마른 빵과 물로 연명했다. 카르멘은 한 달에 한 번씩 성대한 가든파티를 위해 사치스러운 프티푸르[7]를 준비했다. 손댈 수 없는 카나페[8]들을 앞에 두고 눈이 돌아갈 지경인 아이들을 보는 그녀의 가슴은 찢어질 듯 아팠다.

파티에 온 손님들은 느빌가 사람들의 날씬함에 감탄했다. 오카생은 뻔뻔스럽게도 이렇게 말했다.

「우리 가문의 특징입니다. 피는 못 속이죠.」

각 방의 벽에 걸린 뚱뚱한 조상들의 초상화가 그 사실을 부인하든 말든 그는 크게 괘념치 않았다.

그렇지만 앙리는 그 사교 행사에 대해 황홀한 추억을 간직하고 있었다. 손님들이 돌아가고 나면 아이들에게도 남은 음식을 먹어도 된다는 허락이 떨어졌으니까. 그것은 먹이를 두고 사냥개들끼리 벌이는 쟁탈전이었다.

7 한입에 들어갈 만한 크기의 쿠키.
8 생선, 햄, 치즈, 야채 따위를 얹은 토스트.

그는 열여덟 살이 될 때까지 한 달에 한 번 카나페 위에 얹은 것 말고는 달걀, 생선, 또는 햄을 먹어 본 적이 없었다. 그에게는 그 음식들이 너무나 사치스러워 보였다. 그는 밤마다 그것들을 꿈꿨다.

그는 루이즈가 했던 말이 아직도 들리는 듯했다.

「연어와 햄은 먹어도 좋은데 달걀은 나한테 양보해. 내가 제일 좋아하는 거야!」

그는 마치 아내와 사별한 사람처럼 루이즈가 죽고 나서도 오랫동안 달걀 카나페는 그녀 몫으로 남겨 두는 습관을 간직했다.

열여덟 살이 되자 앙리는 법을 공부하기 위해 나뮈르 대학에 진학했다. 그는 학교 식당에서 존재조차 몰랐던 요리들을 누구나 실컷 먹을 수 있다는 사실을 알게 되었다. 그는 가리지 않고 게걸스럽게 먹어 치웠다. 동급생들은 경멸의 눈길로 그를 쳐다보았다.

「어떻게 넌 개도 마다할 그 쓰레기를 먹을 수 있냐?」

앙리는 누가 뭐라든 개의치 않았다. 배를 끊임없이 곯지 않아도 되는데 그깟 놀림 따위가 대수일까. 그가 보기 좋을 만큼 통통하게 살이 오른 건 바로 그 무렵이었다. 그리고 그 몸피는 그대로 남았다.

그 후로도 그는 평민들이 그에 대해 이렇게 말하는 것을 수도 없이 들었다.

「한 번도 배고파 본 적이 없는 당신은 가난이 사람을 어떤 궁지로 몰아넣는지 몰라요…….」

느빌은 그런 비난에는 일절 대꾸하지 않았다. 만약 진실을 털어놓았다면, 오카생이 그를 결코 용서하지 않았을 것이다. 느빌가 사람들은 루이즈의 죽음을 설명하기 위해 급성 뇌막염을 내세웠다. 뇌막염은 감히 명명할 수 없는 질병과는 반대로 가난을 떠올리게 하지 않는 장점을 지니고 있었다.

불면에 시달리던 중에 백작은 증오의 유혹이 일 정도로 그 모든 것을 다시 경험했다.

「누굴 증오해야 하지? 아버지, 성? 누가 누구를 소유했지? 누가 내 누나를 죽였지? 아버지는 그가 처한 환경의 산물이었어. 그런 삶을 살도록 길러졌기 때문에 다른 삶을 발명해 낼 수 없었지. 나도 어릴 적에는 그를 저주했지만 그와 다른 길을 걷지 않았어. 나는 그보다 명망 높은 경력을 쌓았고, 내 가족은 가난을 겪지 않았어. 그런데 난 늘 오카생을 본받아 인생의 목표가 동료 귀족들을 접대하는 데 있는 것처럼 행동했어.」

침울하고 과묵하고 성마른 성격의 오카생은 파티만 열리면 다변에 달변이며, 웃음이 많고 우아한 사람으로 둔갑했다. 소심한 성격의 어머니도 여유가 넘치고 잘 차려입은 사교계 여성으로 돌변했다. 어릴 적, 그는 이 모든 이유 때문에 가든파티를 무척 좋아했다. 파티가 열리는 날을 〈미친 날〉이라 불렀던 루이즈 역시 그랬다.

그날이 되면 루이즈는 동생의 침대 속으로 미끄러져 들어와 이렇게 속삭였다.

「어서 일어나, 오늘은 미친 날이잖아. 난 예쁜 드레스를, 넌 멋진 양복을 입을 거야. 엄마가 내 머리를 만져 줄 거야. 샹들리에와 꽃, 음악이 있을 거고, 난 공주, 넌 왕자가 될 거야. 손님들이 돌아가고 나면 우린 세상에서 가장 맛있는 것들을 먹게 될 거야!」

앙리는 오카생으로부터 접대의 재능을, 다시 말해 단순한 사교 행사를 기상천외한 동화로 바꾸어 놓는 재능을 물려받았다. 손님들은 몇 시간 동안 일상에서는 부조리한 이유들 때문에 될 수 없었던 멋진 동화 속 주인공이 되었다.

느빌도 다른 곳에 여러 번 초대를 받아 봤기 때문에 자신의 재능이 아주 드물다는 사실을 금방 깨달았다. 몇몇 예외적인 경우를 제외하고, 다른 큰 가문들은 접대를 잘 못했다. 지나치게 난방을 한 살롱에서 짙은 화장을 한 노인들과 잘난 척하는 시끄러운 아줌마들 사이에 끼어 있기 일쑤였다. 품질이 의심스러운 포도주 한 잔이나 빵 한 조각을 손에 쥐기 위해 싸워야만 했고, 변변찮은 음식으로 일회용 종이 접시를 채우는 것마저 포기해야 했으며, 인척인 것 자체가 창피스러운 사람들과도 마주쳐야 했다.

플뤼비에성의 가든파티가 오래전부터 벨기에 아르덴 지방의 사교계에서 가장 중요한 행사로 자리 잡은 것은 우연이 아니었다. 가든파티가 열리는 일요일 오후의 몇 시간 동안, 사람들은 자신이 귀족이라는 이름에 걸맞은 비현실적인 세계에 속한다고, 〈오, 계절이여! 오, 성이여!〉라는 멋진 시구가 의미를 가진다고, 삶이란 자그마한 발로 정원의 풀을 스치듯 지나가는, 정체를 알 수 없는 아름다운 부인들과 우아함으로 가득한 춤을 추는 것이라고 믿을 수 있었다.

아버지처럼 이중적이지는 않았지만, 느빌은 자신이 파티에 뛰어난 재능이 있다는 걸 알고 있었다. 그는 더 이상 너무 예민해서 자기 딸에게도 감히 말을 못 붙이는 남자가 아니었다. 그는 재치 넘치는 대화, 섬세한 태도, 세련된 유머로 가장 까탈스러운 손님도 온순하게 만들 수 있는 존경받는 귀족 느빌 백작으로 변했다.

그는 접대하길 좋아했기 때문에 접대를 잘했다.

그도 뭔가 자꾸 삐걱거리는 저녁 파티의 끔찍함, 파티 분위기와 전혀 궁합이 안 맞는 손님의 존재로 인해 야기되는 소동의 끔찍함을 겪어 보았다. 하지만 미리 설계해 놓은 조화가 눈앞에서 펼쳐질 때, 느빌은 안무가의 형언할 수 없는 행복감을 맛보았다. 인류가 원초적인 폭력밖에 예상하지 못했던 곳에서 아름다움을 엮어 내는 데 성공한 것에 감격하며 자신의 발레를 지켜보고 무용수들 사이에 끼어들기도 하는 안무가의 행복감을.

살인이 저질러질 거라는 예언을 이유로 가든파티를

취소해야만 했을까? 그건 불가능했다. 그것이 백작이 여는 마지막 가든파티가 될 가능성이 큰 만큼 더더욱 생각할 수 없는 일이었다. 적당한 장소가 없으면 파티를 열 수가 없다. 플뤼비에성은 라벤스테인과 마찬가지로 파티를 열기에 **이상적인** 곳이었다. 이제 느빌은 그 극장들을 박탈당할 것이다. 코딱지만 한 정원이 딸린 작고 허름한 집 오모니에르로는 절대 손님들을 맞아들이지 못할 터였다.

따라서 2014년 10월 4일의 가든파티는 그의 마지막 걸작이 될 터였다. 신작을 내놓고는 더 이상 영화를 찍지 않겠다고 요란스레 떠들어 대는 영화감독들처럼, 백작도 대미를 장식하고 싶었다.

〈아뿔싸, 파티 중에 초대 손님 중 하나를 살해한다면, 아닌 게 아니라 넌 그런 결과에 이르게 될 거야. 그건 네 마지막 가든파티가 될 거야. 왜냐하면 그 파티를 끝으로 넌 감옥에 갇히게 될 테니까.〉 하지만 투옥될 거라는 전망보다는 파티를 망치는 것에 대한 두려움이 그의 심기를 훨씬 더 불편하게 했다.

그때 갑자기 아주 탁월해 보이는 생각이 떠올랐다.

누구를 죽일지 당장 선택하면 그만이었다. 그래, 바로 그거야! 우리가 수백 명을 초대할 때 그들 모두를 높이 평가하는 것은 아니다. 심지어 그중 몇몇은 아주 싫어하고, 가끔은 눈앞에서 당장 사라졌으면 좋겠다고 생각되는 사람들도 있다.

생각이 여기까지 미치자 마치 구원이라도 얻은 것처럼 기분이 좋아진 백작은 벌떡 일어나 춤추듯 가벼운 스텝을 밟았다. 〈전쟁을 위해 칼을 갈아야겠군.〉 그는 이렇게 생각했다.

그사이, 날이 훤히 밝았고, 플뤼비에성은 그 어느 때보다 숭고해 보였다.

〈내 가장 오래된 사랑아, 내가 너의 시대에 바치는 마지막 파티는 역사에 길이길이 남게 될 거야.〉 백작은 성에게 속삭였다.

그는 성으로 돌아가 아침 식사를 준비한 다음 쟁반에 담아 아직 자고 있는 아내에게로 올라갔다.

「당신은 최고의 남편이에요.」 그녀가 환하게 웃으며 말했다.

「난 그보다 더 나은 남편이 되고 싶소, 여보. 말해 보오, 10월 4일의 초대 손님 중에 죽어 버렸으면 좋겠다 싶은 사람이 있는지?」

「초대를 취소하게요?」

「그 반대요.」

알렉상드라가 침대에서 몸을 일으켜 앉더니 잔에 커피를 따랐다.

「지난달에 우테르가의 저녁 파티에 갔을 때 샤를에두아르 반 이페르스탈이 배짱 좋게도 저한테 아직도 아름답다고 말했어요. 그 〈아직도〉가 명치에 걸려 안 내려가요.」

「상스러운 인간!」

「샤를에두아르도 초대했어요?」

「안 할 도리가 있소?」

「그럼 그게 제 답이에요.」

앙리는 책상에 앉아 10월 4일의 초대 손님 명부를 훑어보았다. 명부에는 그가 마음 깊이 증오하는 사람들이 있었다. 그는 기사도 정신을 발휘해 아내의 제안을 우선적으로 고려했지만 샤를에두아르 반 이페르스

탈은 제라르 드 말메디스트로앙주나 반 스테인키스트 드 뷔스헤어레 같은 사람들에 비하면 오히려 훨씬 호감 가는 인물처럼 보였다.

그는 혐오하는 이름이 나올 때마다 연필로 곱표를 해나갔다. 결과를 계산해 보니, 비천한 인물 스물다섯 명이 나왔다. 그에게는 몇 안 되는 것처럼 보였다. 〈난 증오하는 사람이 아니라, 사랑하는 사람에 속해.〉 그는 그 상황에서 소포클레스의 안티고네를 인용하는 쾌감을 맛보며 이렇게 생각했다.

그 스물다섯 명 가운데 가장 가증스러운 인물을 뽑아야만 했다. 클레오파스 드 터이넌이 당첨되었다.

클레오파스를 살해한다!!! 그러면 얼마나 속이 후련하겠는가! 클레오파스 드 터이넌은 오랫동안 라벤스테인의 회계 담당자로 일했다. 따라서 느빌의 사교 생활에 그가 끼어드는 건 불가피한 일이었다. 앙리의 자리를 꿈꾸던 클레오파스는 자신도 모르는 경쟁심으로 인해 사사건건 앙리와 대립했다. 하지만 그가 앙리의 자리를 차지하는 건 불가능했다. 왜냐하면 그 둘은 나이가 같았으니까. 클레오파스는 말을 할 때 코맹맹이 소리를 냈다. 그래서 뭔가를 암시하려는 의도가 전혀 없어도, 입만 열면 마치 빈정거리는 듯한 인상을 줬다. 누가 그 민감한 문제를 건드리려고 시도하면, 그는 자신에게 아데노이드[9]가 있다고 단언했다. 그래서 그를 놀려 먹는 것은 불가능했고, 그것이 또 그를 훨씬 밉살스러운 인물로 만들었다.

클레오파스를 살해하는 건 앙리의 삶에 의미를 부여할 터였다. 그는 비열한 짓을 저지른 적도 없지만, 주목받을 만한 일을 한 적도 없었다. 플뤼비에성에서 열리는 마지막 가든파티에서 클레오파스 드 터이넌을 살해하는 것은 이재(理財)와 시샘의 정신에 대한 취향과 탁월함의 승리를 널리 알리는 일이 될 것이었다.

사람들은 이렇게 말할 터였다. 「느빌 백작 말이야, 그래, 앙리 느빌, 성대한 파티 도중에 그 가증스러운 클레오파스 드 터이넌을 저세상으로 보내 버렸다네.」 그 살해 행위에 이 같은 울림을 부여하는 데에는 뭔가 감탄스러운 것이 있지 않은가? 마치 부끄럽거나 후환이 두려운 것처럼, 누군가를 비열하게, 남몰래, 소리 소문 없

9 편도가 증식하거나 비대해지는 병. 어린아이에게서 많이 나타난다.

이 없애는 것보다는.

오모니에르에 살게 되면 어떠한 일상을 보내게 될지 걱정하던 그는 그 째쩨한 미래에서 해방되는 것을 느꼈다. 재판이 열릴 것이고, 그는 감옥에 가게 될 것이다. 알렉상드라는 그 어느 때보다 깊은 사랑에 빠져 그를 면회하러 오게 될 것이다. 인정할 건 인정해야만 했다. 지금까지 더 많이 좋아한 건 그였다. 물론 그녀도 그를 사랑했지만, 그는 그녀가 사랑으로 시름시름 앓기를 바랐다. 클레오파스를 살해하는 게 그것을 이룰 수 있는 방법이었다. 그는 이미 면회실에서 온몸을 떠는 알렉상드라를 보고 있었다.

그런데 클레오파스를 어떻게 죽이지? 앙리는 모퉁이 탑 창고에 감춰 둔 오카생의 사냥총을 떠올렸다. 그는 그곳으로 달려갔다. 22구경 롱 라이플이 장전된 채 거기 그대로 있었다. 그의 아버지가 그에게 그 총 다루는 법을 가르쳐 주었다. 「귀족은 사냥을 해야 돼.」 아버지는 말했다. 평화로운 성격의 앙리는 결코 사냥을 하지 않았다.

「파티 도중에 여기로 올라와서 총을 창살대에 걸어

놓고 클레오파스의 머리를 겨냥해야겠어.」 그러면 위험할 게 없을 것 같았다. 클레오파스는 샴페인을 몇 잔 마시면 위장에서 가스가 역류하는 경향이 있었다. 그래서 그는 늘 가스를 배출하기 위해 사람들과 약간 떨어져 있었다. 앙리는 그 틈을 이용해 클레오파스를 쏠 생각이었다.

점점 자기도취에 사로잡히고, 불면에 허덕이며, 노쇠와 비현실감에 위협받는 가엾은 두뇌는 그 계획에 흠잡을 데가 없다고 생각했다.

그는 탑에서 내려왔고, 서로 통해 있는 살롱 중 하나에서 알렉상드라와 마주치자 각별히 열정적으로 그녀를 안아 주었다.

스물두 살의 오레스트 느빌은 아버지가 죽으면 작위를 물려받을 터였다. 그는 벨기에 귀족 사회에서 이상적인 사윗감이었다. 잘생긴 외모에 크고 늘씬한 체격, 공학 학위에 완벽한 예절, 군더더기 없는 언변, 짓궂게 장난을 치는 사랑스러운 성향 덕에 싱겁지만은 않은 친절까지 갖추고 있었으니까.

　스무 살의 엘렉트르 느빌 또한 귀족 사회 최고의 신붓감이었다. 매력적이고 날씬하며 우아하고 잘 웃는 데다 쾌활하고, 문학사 학위에 매력적인 유머 감각, 성의 주방에서 며칠 밤을 꼬박 새워 가며 머랭으로 그리스 신전을, 혹은 가늘게 뽑은 설탕 실로 시토 수도원을 세우는 탁월한 요리 실력까지 겸비하고 있었으니까.

이토록 많은 덕성으로도 충분치 않다는 듯이, 오레스트와 엘렉트르는 그들을 더욱 눈부시게 만드는 묘한 장점까지 갖추고 있었다. 그 둘은 벨기에 최고의 왈츠 댄서였다. 둘은 귀족 사회에서 열리는 모든 무도회와 왈츠 수업에 초대받아 시범을 보였다. 「오레스트만큼 세련되고 안정적으로 리드를 하는 사람도 없고, 엘렉트르만큼 우아하고 감칠맛 나게 따라가는 사람도 없어요.」 왈츠 선생은 초보자들에게 이렇게 말하곤 했다. 그 오빠와 누이 커플은 아름답게 치장하고 앙베르의 궁전이나 브라반트의 작은 성으로 며칠 밤을 새워 가며 왈츠를 추러 가는 걸 무척이나 좋아했다.

플뤼비에성이 매물로 나왔는데도 오레스트의 인기는 수그러들지 않았다. 「그 청년이 결혼하는 날, 귀족 사회의 모든 규수가 상복을 입을 거야.」 사람들은 이렇게 말하곤 했다. 그런데 유독 그만은 그 사실을 알아차리지 못하는 것처럼 겸손하게 행동했는데, 이 또한 그에게 드문 매력을 부여했다.

엘렉트르의 경우도 너무나 예외적인 명성이 그녀를

에워싸고 있어서 접근이 거의 불가능한 인물이 되어 버렸다. 그녀 역시 그녀의 과한 아름다움이 충격적일 수 있다는 사실을 전혀 알아차리지 못하는 유일한 사람이었다. 밤나무 꿀색의 끝없이 긴 머리카락, 발레리나의 몸매, 마돈나의 얼굴은 그녀를 결혼할 처녀보다는 요정에 가까워 보이게 했다.

결과적으로 오레스트와 엘렉트르에게는 짝이 없었다. 스물두 살과 스무 살인데, 그보다 정상인 게 뭐가 있느냐고? 하지만 축제 때 그들은 오히려 외톨이로 지냈다. 젊은 처녀 총각 들은 속내를 털어놓을 사람 역할을 하기에는 변변찮은 세리외즈에게로 몰려들어 가슴 찢어지는 말투로 〈네 언니!〉나 〈네 오빠!〉를 외쳤다.

세리외즈는 대답했다, 〈언니는 당신을 기다리고 있어요.〉 혹은 〈오빠는 당신을 기다리고 있어요〉라고. 하지만 그들은 그녀의 말을 귀 기울여 듣지 않았다. 그녀 자신이 오빠, 특히 언니의 가장 열렬한 숭배자였다. 그녀가 엘렉트르의 치장을 구경하는 것만큼 좋아하는 것은 없었다. 엘렉트르는 치장하는 동안 어린 동생이 마음껏 쳐다보도록 기꺼이 허락했다. 예술 작품을 완성한 그녀가 돌아서면 세리외즈는 이렇게 말했다.

「언니, 나랑 결혼해 줄래?」

「나한테 청혼하는 사람은 너뿐이야.」

「언니는 눈이 멀었어. 그들은 모두 언니한테 미쳐 있어서 감히 접근을 못하는 거야.」

「왜?」

「언니는 이상적이고 그들은 보잘것없으니까. 내가 그들을 관찰해 봤어. 그들은 별로 예쁘지 않은 아가씨들한테는 아무 문제 없이 접근을 해. 나한테 와서 떨리는 목소리로 언니의 눈부신 아름다움을 성가실 정도로 찬양해 놓고는 근처를 지나가는 마리아스트리드나 안솔랑주를 잡지.」

「네가 보기에는 누가 괜찮은 것 같아?」

「나랑 결혼해 줘.」

오레스트의 경우는 달랐다. 왜냐하면 주도권이 그에게 돌아왔으니까. 그가 어떤 아가씨에게 접근하면, 그 아가씨는 원래 그랬든, 아니면 청년의 명성이 너무 부담스러워서였든 그 즉시 바보가 되어 버렸다. 엘렉트르와 춤을 출 때면 그는 그녀에게 이렇게 말했다.

「넌 가장 아름다울 뿐만 아니라 가장 똑똑하기도 해. 나랑 결혼해 줄래?」

「오빠와 세리외즈를 빼고는 아무도 나와 결혼하고 싶어 하지 않아.」

「셋이 결혼을 해야 할까 봐.」

「세리외즈가 오빠를 원하는지는 확신 못 하겠어, 불쌍한 오레스트.」

「나도 내가 그 아이를 원하는지 확신이 안 서.」

「나한테 세리외즈에 대해 나쁜 말은 하지 마.」

「그 아이가 못생기지 않아서 참 유감이야! 그랬다면 성깔이라도 좀 있었을 텐데 말이야!」

「그만해. 그 애 성깔 보통이 아니니까.」

「그런 줄 몰랐는데.」

「오빠도 최소한 그 애가 못생기지 않았다는 건 인정하네.」

「그렇다고 해서 딱히 예쁘지도 않지.」

「열일곱 살밖에 안 됐잖아.」

「넌 열여섯 살 때 이미 치명적으로 아름다웠어.」

「언젠가 세리외즈는 우리를 놀라게 만들 거야.」

「언젠가 그 애가 멍한 표정 짓기를 그만둘 거라는 말
이니?」

「나랑 있을 때는 그런 표정 안 지어.」

「그렇다고 평생 너랑 살 수는 없어.」

「그걸 오빠가 어떻게 알아?」

「그 아이에 대해 마치 아무도 원치 않는 인간인 것처
럼 말하지 마.」

엘렉트르는 세리외즈와 사는 것도 그리 나쁘지 않겠
다고 생각했다. 드물지만 주앙세바스티앵이나 펠레아
스 같은 남자와 잠시 연애 비슷한 걸 했을 때 그녀는 지
루해서 죽는 줄 알았다. 다른 사람들과 마찬가지로 그
녀도 세리외즈가 만 열두 살 반 때 극단적으로 변했다
는 것을 알아차렸지만, 그렇다고 세리외즈가 이전부터
덜 특별하다고 생각하지는 않았다.

아침만 해도 느빌 백작을 취할 정도로 흥분시켰던 계획이 오후가 되자 의심스러운 것으로 보였다. 클레오파스가 죽어도 싸다는 데에는 의심의 여지가 없었다. 그렇다고 가든파티에 초대해 살해하다니! 게다가 어떻게 그런다고 알렉상드라가 그를 열렬히 숭배할 거라고 생각할 수 있었을까?

그는 명확하게 알아보기 위해 1830년 이래로 벨기에 귀족사에 대해 모든 것을, 절대적으로 모든 것을 아는 에브라르 슈베링겐에게 전화를 걸었다.

「여보게, 에브라르, 내 자네한테 뭐 좀 물어볼 게 있어서 전화를 했네. 우리 사교계에서 파티 중에 살인 사건이 벌어진 적이 있는가?」

「많지. 자네한테 일일이 열거할 수 없을 정도로 많다네, 앙리.」

「중요한 사항이 하나 있네. 살인자가 집주인인 경우도 있는가?」

「물론이지. 드 르토르카로스 대공은 여왕의 날을 축하하기 위해 직접 개최한 칵테일파티에서 드 모일랑베즈 공작을 살해했고, 베르나크 남작 부인은 자신의 저택에서 열린 자선 무도회 중에 랑베르티 자작 부인을 살해했네. 그 외에도 많지. 손님이 주인을 살해한 경우는 훨씬 드물다네. 이 경우는 정상 참작이 어려우니까. 반면에 주인이 손님을 죽인 경우는 누구나 이해를 하지.」

「후환이 없었다는 말인가?」

「자네, 뭘 상상하는 건가? 물론 사법 당국이 개입해 처벌했지.」

「내 말은 세평이 어땠느냐는 걸세. 우리 사교계는 그 살인자들을 어떻게 취급했나?」

「우리 사교계는 충분히 이해를 했고, 그 사람들과 그 가족을 계속 대접했지.」

「감옥에 갇혔거나 형장의 이슬로 사라진 사람들을 어떻게 대접하나?」

「그들의 이름으로 초대장을 보내는 방식으로.」

앙리는 깜짝 놀라 침묵을 지켰다.

「한 가지 더 물어볼 게 있네. 자네가 말한 살인 사건 중에 범죄를 계획한 경우도 있었는가?」

「물론 없었네.」

「왜 〈물론〉인가?」

「계획된 범죄였다면, 사교계가 그걸 받아들일 수 없는 것으로 여겼을 테니까. 순간적으로 발끈해 손님을 죽이는 것에서는 품격이 느껴져. 멋이 있지. 손님을 살해하려고 계획을 꾸미는 건 천박하기 그지없는 일로서, 그자가 접대의 예술을 모른다는 것을 증명하네.」

「혹시 선례는 없는가?」

「우리 사교계에서? 말이 되는 소리를 하게, 앙리.」

「자네가 든 예들 중 하나에 계획범죄가 감춰져 있었다면?」

「계획범죄를 감추는 건 불가능하네. 절대 계획한 대로 죽일 수 없거든. 계획범죄보다 입증하기 쉬운 것은 없다네.」

「그럼, 만약 우리 중 하나가 계획을 세워 손님을 살
해한다면 어떤 일이 벌어질까?」

「자네도 잘 알지 않나. 우리는 더 이상 그를 인정하
지 않을걸세. 우리는 더 이상 그도, 그의 가족과 친지도
우리의 파티에 초대하지 않을 걸세.」

느빌은 처벌의 잔인성에 아연실색해 멍하니 있었다.

「그런데 이런 것들은 왜 묻나, 앙리?」

「자네도 알다시피, 내가 이번 일요일에 열릴 가든파
티를 준비하고 있잖은가. 그리고 거기서 자네를 살해
할 계획을 짜고 있다네, 에브라르.」

「허허, 자네답네. 그럼 일요일에 보세, 친구. 자넬 어
서 보고 싶구먼.」

느빌은 전화를 끊었고, 두 손으로 얼굴을 감쌌으며,
클레오파스 드 터이넌의 살해를 포기했다.

〈다시 원점으로 돌아오고 말았어. 어찌 이런 상황이!
어찌 이런 악몽이!〉

앙리는 여덟 살 때 아버지에게 무시무시한 질문을 던

진 적이 있었다. 그것은 〈부모님이 산타 할아버지예요?〉도 아니었고, 〈아기들은 어떻게 생겨요?〉도 아니었다. 그건 훨씬 심각한 것, 〈아빠, 귀족이라는 건 뭘 뜻해요?〉였다.

오카생은 날카로운 눈초리로 그를 돌아보았다.

「네 생각에는 뭘 의미하는 것 같으냐?」

「모르겠어요.」

「생각해 보렴.」

아이는 무턱대고 답을 내놓았다.

「성에서 사는 거요?」

「이런, 그걸 답이라고!」 아버지는 경멸스럽다는 듯 대답했다.

면박을 당한 꼬마는 그럼 왜 플뤼비에성에서 사느라 온갖 희생을 치러 가며 생고생을 하는지 궁금했다.

「더 생각해 봐!」 오카생이 명령했다.

「좋은 집안에서 태어나는 거요?」

「그걸론 충분하지 않아.」

앙리는 혼란에 빠져 고개를 숙였다.

아버지가 결국 위협적인 목소리로 선언했다.

「귀족이라는 건 말이다, 다른 사람들보다 많은 권리를 가진다는 걸 의미하지 않아. 그건 훨씬 많은 의무를 진다는 걸 뜻하지.」

아이는 질겁해 달아났다. 침대에 몸을 동그랗게 말고 누워, 의미는 알 수 없지만 열심히 읊조리면 죄를 씻을 수 있는 주문을 외듯 이렇게 되뇌었다. 〈귀족이라는 건 다른 사람들보다 많은 권리를 가진다는 걸 의미하지 않는다. 그것은 훨씬 많은 의무를 진다는 걸 뜻한다.〉

그로부터 4년 후, 루이즈가 죽었다. 앙리가 자기도 모르게 머릿속에서 슬로건을 바꾼 것은 이 무렵이었다. 〈귀족이라는 건 다른 사람들보다 적은 권리, 그리고 훨씬 많은 의무를 진다는 걸 의미한다.〉

루이즈는 그가 세상에서 가장 사랑한 사람이었다. 마을에 있는 학교에서 앙리는 귀족이 아닌 아이들과도 자주 어울렸다. 그들은 잘 먹었고, 난방이 잘 되는 집에서 살았으며, 아프면 병원에 갔다. 따라서 그 애들의 누나는 죽지 않았다. 앙리는 무의식적으로 귀족이라는 건 사랑하는 사람을 잃는 걸 의미한다는 사실을 깨달았다.

그런데 오카생의 말은 애매하기 짝이 없었다. 권리는

어디서 멈추고, 의무는 또 어디서 시작되는 걸까? 루이즈가 죽은 것은 굶주리고, 추위에 떨고, 의사에게 진찰받을 권리가 없기 때문이었다. 어린 동생이 큰누나를 잃는 의무를 진 것은 그가 귀족이기 때문이었다.

그가 짊어져야 했던 모든 의무 가운데 그게 가장 비인간적이었다. 다른 의무들 역시 덜 끔찍하긴 해도 어김없이 그를 질식시켰다. 어떠한 상황에서든 평온, 여유, 품위, 도덕성, 외양을 구성하는 그 정신 나간 체계를 갖춘 듯한 인상을 줘야만 했다. 체면을 구기는 일은 아주 쉽게 일어날 수 있었다. 사람들 얘기로는, 카르통 트레즈가(家) 사람들이 라컨 왕립 온실을 구경하러 갔는데, 파산을 한 탓에 점심시간에 주머니에서 알루미늄 호일에 싸온 빵 조각을 꺼내 사람들이 보는 데서 그냥 먹었다고 한다. 그러자 철퇴가 곧바로 떨어졌다. 사교계는 그들을 더 이상 인정하지 않았다.

앙리는 체면을 구기면 어떡하나 하는 강박에 사로잡혀 살았다. 그 자신은 빵 조각 이야기 따위로 누군가를 인정하지 않는 일은 결코 하지 않았을 테지만, 다른 사람들이 그보다 더 사소한 이유로 그를 인정하지 않을 수 있다는 생각은 받아들였다.

이 항구적인 불안에 세대 콤플렉스가 더해졌다. 인류를 결코 서로 이해할 수 없을 두 개의 종으로 나누는, 공식적인 것이 아닌 만큼 더욱 놀라운 시간적 경계가 존재한다. 그 시간적 경계가 나라와 환경에 따라 극도로 다양하다는 것을 염두에 두면서, 임의로 그 날짜를 1975년에 위치시켜 보자. 그것은 유혹하기 위해 태어난 아이들과 유혹당하기 위해 태어난 아이들을 나누는 경계다.

옛 세상의 아이들은 부모를 유혹하려고 애쓰는 경우를 제외하면 겨우 연명할 정도의 관심과 애정밖에 받지 못했다. 현대의 아이들은 태어나자마자 쥐꼬리만큼의 애정밖에 못 받고 자란 부모가 시도하는 갖은 유혹의 대상이 되었다. 그것은 관점의 혁명이었다. 옛 세상에서는 수단에 불과했던 아이들이 목적이, 최고의 목표가 되었다.

1946년에 태어난 앙리는 귀족 계급이 이러한 혁명을 막는 방책 역할을 한 만큼 더욱 옛 세상에 속했다. 이러한 관점의 전도는 귀족 계급 계승의 규칙들에 의해 금

지되었다. 정의상, 아이가 귀족인 것은 전적으로 그의 출생, 다시 말해 부모 덕분이다.

예를 들어, 오카생이 사냥에 나가 자고새를 잡았다 해도, 그것은 자식들이 저녁 식사 때 그 새를 먹을 거라는 걸 의미하지 않았다. 카르멘은 그 새를 요리해 먼저 백작 부인에게, 그다음으로는 백작에게 내놓을 것이다. 그러면 그들은 자식들에게 남겨 줄 생각은 단 한 순간도 하지 않은 채 그 요리를 먹을 것이다. 나쁜 부모여서가 아니라, 구체제가 자식들 생각을 하지 못하게 막았으니까.

1967년에, 그것도 벨기에 귀족 집안에서 태어난 알렉상드라 **역시** 옛 세상에 속했다. 1992년, 1994년, 그리고 1997년에 태어난 세 자녀의 위상은 훨씬 애매했다. 출생 시기로는 현대적이었지만, 그들은 생활 환경 때문에 이러한 혁명에 무지했던 부모의 손에 옛 세상의 규범에 따라 키워졌다. 오레스트와 엘렉트르가 그 애매함에 적응해 나간 반면, 세리외즈는 마치 끈끈이에 붙들린 것처럼 그것에서 헤어 나오질 못했다.

10월 2일 아침, 느빌은 여전히 한숨도 자지 못했다. 예순여덟 살의 노인에게 이틀 밤을 연속으로 새는 것은 끔찍하게 힘든 일이었다. 그날 밤에 푹 잘 것이라는 보장만 있다면! 하지만 그가 겪는 문제에는 도무지 해결책이 보이지 않았다. 따라서 그의 불면에는 끝이 없을 것이었다. 〈이러다간 10월 4일에는 완전히 녹초가 되어 손님들을 접대할 수도, 누군가를 죽일 수도 없는 지경에 이르고 말겠어.〉 망연자실한 그는 이렇게 생각했다.

　　그가 피곤에 절은 얼굴로 서재에 처박혀 불안해하고 있는데, 누가 문을 두드렸다.

「들어와요!」

놀랍게도 문을 열고 들어온 것은 세리외즈였다.

「아빠, 얘기 좀 할 수 있을까요?」

「물론이지. 거기 앉으렴, 얘야.」

세리외즈가 아버지와 얘기를 나누기 위해 서재로 들어가도 되겠느냐고 물은 건 처음이었다. 앙리가 인자하게 웃었다.

「점쟁이 아줌마가 아빠에게 초대 손님 중 하나를 죽이게 될 거라고 예언했을 때, 저도 다 들었어요.」

느빌은 깜짝 놀라 할 말을 잃고 있었다.

「옆방에서 자는 척하고 있었는데 다 들렸어요. 그래서 전 아빠가 무얼 걱정하는지 알아요.」

「난 걱정하지 않아.」

「아빠는 잠을 못 이루고 있어요. 다 보여요.」

「난 오래전부터 불면증에 시달렸단다.」

「그거랑은 전혀 상관없어요. 게다가 전 아빠가 에브라르와 나눈 통화 내용도 엿들었어요.」

「이런, 버릇없이!」

「저도 알아요. 하지만 불가항력의 경우란 게 있잖아

요. 아빠는 도움이 필요해요.」

「난 그 멍청한 여자의 예언 따위는 털끝만큼도 믿지
않아.」

「그렇지 않아요. 아빠는 누굴 죽이게 될지 끊임없이
자문하고 있어요. 할아버지의 사냥총을 가지러 가기까
지 했잖아요.」

「날 염탐했구나.」

「다시 말하지만, 이건 불가항력의 경우예요.」

「좋아. 도대체 날 어떻게 돕겠다는 게냐?」

「아빠가 가든파티에서 죽여도 되는 누군가가 있어요.
아빠가 생각하지 못한 사람이요.」

「말해 보렴.」

「저요.」

세리외즈의 말투가 너무 가벼워서 백작은 피식 웃음
을 터뜨렸다.

「참으로 훌륭한 생각이구나, 얘야. 그래, 나한테 아주
큰 도움이 됐단다.」

「전 지금 아주 심각해요.」

「게다가 싸구려 유머까지. 됐으니 이만 가봐라. 난 네

76

얘길 듣는 것 말고도 할 일이 많단다.」

「아빠, 아빠는 절 죽이셔야만 해요.」

「너, 도대체 왜 그러니?」

「그 예언을 들은 이후로 전 끊임없이 그 생각을 했어요. 아빠 입장에 서봤는데, 아마도 지옥 같을 거예요. 저한테 해결책이 있어요.」

「난 네가 훨씬 어른스럽고 똑똑하다고 믿었다.」

「아빠도 그 예언을 믿잖아요. 지성은 아무런 관계가 없어요.」

「어떻게 넌 한순간이라도 내가 널 죽일 수 있다고 상상할 수가 있지, 세리외즈?」

「저한테 그게 필요하니까요.」

앙리의 두 눈이 공포로 휘둥그레졌다.

「너, 도대체 무슨 얘길 하는 거냐?」

「저, 안 좋아요, 아빠.」

「어디 아프니?」

「아뇨. 몇 년 전부터 제 머릿속이 안 좋아요.」

「우리도 알아차렸다. 그게 바로 사춘기라 불리는 거야. 그건 영원히 지속되지 않아.」

「아뇨, 그게 아니에요. 그래요, 전 사춘기 소녀예요. 하지만 떠올려 봐요, 전 사춘기 이전에 이미 안 좋아지기 시작했어요.」

「그건 전조였지. 고통은 이전에 시작돼. 그게 정상이란다.」

세리외즈가 한숨을 내쉬었다.

「정말이지 당신들은 모두 다 이 정도로 눈이 먼 건가요?」

「지금 누구 얘길 하는 거냐?」

「이 집안사람들이요. 사실, 저한테도 도움이 돼요, 이 전체적인 실명이.」

「도대체 무슨 말을 하는 건지 한마디도 알아들을 수가 없구나.」

「제 말이 그 말이었어요.」

「내가 알아들은 건 네가 별로 안 좋다는 거야. 어쩌면 결국 점쟁이의 말이 옳았는지도 모르겠구나. 넌 심리적인 도움을 받는 게 좋을 것 같아.」

「그래요. 절 죽여 주세요.」

「네가 누구를 좀 만나 보는 게 좋을 것 같아. 아를롱

에도 훌륭한 정신과 의사들이 있단다.」

「싫어요.」

「난 지금 네 의견을 묻고 있는 게 아냐.」

「정신과 의사 앞에서든 그 누구 앞에서든, 전 아무 말도 하지 않을 거예요.」

「왜?」

「말을 하면 안 좋으니까요.」

「그걸 네가 어떻게 아니? 한 번도 해본 석이 없는데.」

「저 혼자 속으로 여러 번 해봤어요.」

「그건 아주 다른 거야.」

「맞아요, 덜 고통스럽죠. 그렇지만 그것만 해도 벌써 견딜 수가 없어요. 제가 더 큰 고통을 겪는 건 있을 수 없는 일이에요.」

「도대체 무슨 일이니? 겁이 나 죽겠구나.」

「절 죽여 주세요, 아빠. 좋은 일을 하시는 거예요.」

「내가 널 죽이는 일은 결코 없으리라는 걸 머리에 단단히 새겨 둬라.」

「전 죽어야만 해요. 그래야만 해요.」

「꼭 그래야만 한다면, 자살이라도 하겠다는 거냐?」

「아빠가 원하는 게 그건가요?」

「아니! 내 말뜻은 그게 아냐. 네가 자살을 생각하지 않으니 살고자 하는 욕망이 있다는 뜻이지.」

「아빠가 절 죽이는 게 천배는 더 공정할 거예요.」

「못 하는 소리가 없구나!」

「제가 이 세상에 오는데 아빠가 큰 공헌을 하셨으니, 아빠 손으로 저를 직접 이 세상에서 제거하는 게 공정할 거예요.」

「그런 논리라면, 내가 아니라 오히려 네 엄마한테 그걸 요구해야지.」

「아뇨. 엄마는 제가 태어날 때 이미 큰 고통을 겪었어요. 저에게 죽음을 줄 때는 아빠가 고통을 겪어야 공정하죠.」

「헛소리를 마구 지껄이는구나! 가엾은 녀석! 네가 사춘기에 겪는 위기가 이 정도로 심각할 줄은 내 정녕 몰랐구나.」

「제가 거의 말을 하지 않으니까요.」

「말을 않고 있는 게 훨씬 낫구나. 네가 이렇게 입을 여니, 정말이지 끔찍해.」

「제 머릿속에서는 네 살 이후로 늘 이래요. 그래도 이건 최악은 아니에요. 최악은 제가 열두 살 반 이후로는 더 이상 아무것도 못 느낀다는 거예요. 제가 아무것도 아니라고 말할 때, 그건 정말 아무것도 아니에요. 제 오감은 아주 잘 작동해요. 전 듣고, 보고, 미각, 후각, 촉각도 있어요. 하지만 그와 결합된 어떠한 감정도 느끼지 못해요. 아빠는 제가 살고 있는 지옥이 어떤 건지 몰라요. 베르나노스의 말이 맞아요. 지옥은 한기예요. 전 절대 0도에 붙박여 지내고 있어요.」

「숲속의 밤과 같은?」

「몸으로 진정한 추위를 느껴 보고 싶었어요. 추위는 느꼈지만, 그것이 내 안에서 일깨웠어야 마땅한 동물적인 불안은 느끼지 못했어요.」

「하지만 나한테는 잘도 얘길 했잖니. 숲의 냄새, 산토끼, 온몸을 파고드는 한기.」

「느끼지 못하는 것에 대해서도 얘기는 잘할 수 있다는 걸 믿어야 해요. 저는 속으로 〈아름다워〉라고 말했어요. 전 그게 아름답다는 걸 봤어요. 하지만 그건 제 피부에 와닿지 않았어요. 추위가 절 괴롭히기 시작했을 때, 저 자신에게 말했죠. 〈반응해, 달아나, 춤춰, 움직여, 왜냐하면 견딜 수 없으니까.〉 하지만 제 몸은 자리에서 꼼짝도 하지 않았어요. 전 그날 밤 죽는 게 차라리 나았어요.」

「아마 9월 말의 추위는 널 죽이지는 않았을 거야.」

「그러니까 아빠가 그 일을 맡아 주세요.」

「그건 꿈도 꾸지 마라. 나랑 같이 의사한테 가보자꾸나. 네 문제를 해결할 방도가 분명히 있을 거야.」

「의사한테는 이미 가봤어요, 아빠. 방금 아빠한테 말한 대로 말했더니 웃으면서 이렇게 대답했어요. 〈아가씨는 이제 열일곱 살이에요. 사랑에 빠질 필요가 있고, 머지않아 그렇게 될 겁니다. 안심해요, 그렇게 되면 많은 걸 느끼게 될 테니까.〉」

「그 머저리가 누구냐?」

「여느 의사와 똑같은 의사요. 웃기는 건 그가 제시한 해결책을 제가 시도해 봤다는 사실이에요. 아빠를 포함해 제가 사랑에 빠질 수 있는 모든 사람을 떠올려 봤는데, 아무 일도 일어나지 않았어요.」

「그것 참 다행이구나.」

「고통조차 아무런 결과를 내놓지 못할 때 사랑에 빠지는 것은 있을 수 없는 일이라고 전 생각해요.」

「숲에서 보낸 밤의 추위에 대해 말하는 거니?」

「꼭 그것만은 아니에요. 전 칼날로 팔뚝을 긋는 것과 같은 고전적인 방법들도 시도해 봤어요. 아프기는 했지만, 그 이상은 아무것도 와닿지 않았어요. 아빠한테는 감췄지만, 마침내 뭔가 와닿으리란 희망을 품고 심지어 극심한 치통을 이용하기도 했어요. 그런데 그것도 허사였어요. 아빠는 제가 〈와닿다〉라는 말에 얼마나 큰 기대를 담고 있는지 이해하세요? 그런데 아무 일도 없었어요.」

「네가 어릴 때는 이렇지 않았어.」

「기억나세요? 전 뭐든지 어느 누구보다 훨씬 강렬하게 느꼈어요. 아침의 냄새가 얼마나 황홀했던지 전 매일 새벽부터 일어나 기다렸어요. 음악만 들으면 춤을 추지 않을 수 없었고, 초콜릿만 먹으면 즐거움으로 발을 동동 구르지 않을 수 없었죠.」

「그런데 무슨 일이 있었던 게냐?」

「정황은 중요하지 않아요.」

침묵.

「더 이상 말하고 싶지 않니?」

「예, 그래요.」

「난 더 알고 싶구나.」

「아빤 그렇게 믿지만, 실은 그렇지 않아요.」

「말해 보렴.」

「전 입을 다물 권리가 있어요.」

「적어도 뭐라고 말 좀 해봐. 내가 나쁜 아빠니?」

「아빠는 좋은 아빠예요, 걱정 마세요. 아빠는 어린 시절부터 저한테 가르쳤어요. 저에게 큰 해가 된 예술을요. 최근에 프루스트를 읽었는데, 그 스스로 〈귀족 계급의 돈후아니즘〉이라 칭하는 것에 대해 얘길 하더군요. 그게 그 예술을 말하는 좋은 방식이에요.」

「나한테 돈 후안 같은 면모는 전혀 없는데.」

「그런 의미가 아니에요. 아빠는 모든 사람에게 돈 후안처럼 굴어요. 말하자면 유혹하는 거죠. 그건 아주 아름다운 거예요. 아빠는 아무것도 얻으려 하지 않아요. 오로지 타인에게 그가 그 정도의 대접을 받을 만한 사람이라는 인상을 주는 즐거움 때문에 유혹하죠. 그래서 아빠의 유혹은 일종의 너그러움이에요. 전 아빠가 사람들을 접대하는 걸 보면서 자랐어요. 그러니 틀림없이 거기서 뭔가를 배웠을 거예요. 문제는 인류가 귀족적이지 않다는 데 있어요. 전 이 〈귀족적〉이라는 형용사를 사회적인 의미로 사용하는 게 아니에요. 오늘날, 아빠의 세계와는 전혀 다른 현실 세계에서 열두 살배기 여자아이가 자기도 모르게 지나치게 정중한 아버지에게서 배운 이 유혹의 기술을 부려 가며 행동하면 그건 차마 입에 담을 수 없는 방식으로 해석돼요. 그리고 그건 중대한 결과들을 가져오죠.」

「계속해 보렴.」

「미국 영화를 보면 이럴 때 여주인공이 〈유 돈 원트 투 노우〉라고 말하죠.」

「네 서푼짜리 인용들 때문에 짜증이 나는구나.」

「아빠 말이 맞아요. 저도 제가 짜증 나요. 제가 저 자신을 얼마나 지긋지긋해하는지 아빠가 안다면!」

「정 그렇다면, 바뀌렴. 네 나이 때는 얼마든지 바뀔 수 있단다.」

「맹세컨대, 저도 애써 봤어요. 전 기적적인 해결책을

찾아낼 요량으로 몇 년 전부터 고전과 현대물을 가리지 않고 최고의 책들을 찾아 읽고 또 읽었어요. 놀라운 것들을 발견했지만, 그 무엇도 제 마음에는 와닿지 않았죠. 여전히 저와 저 사이에 그 얼음의 장벽이 있었어요. 저도 그게 무너지면 참 좋겠어요.」

「책을 읽는다고 사람이 바뀌진 않아. 살아야 하지.」

「아빠는 저를 위해 어떤 삶을 계획하셨어요? 오레스트와 엘렉트르가 가는 그런 축제들? 전 결코 그들처럼 눈부시고 우아한 자태를 뽐낼 수 없을 거예요. 저는 그런 춤 모임 따위에는 관심도 없고요. 전 결혼도 안 할 거예요. 하물며 겉멋만 든 그 경박한 남자 중 하나와는 절대로! 게다가 그들도 저한테는 관심 없어요. 어떨 때 보면 세상이 참 공평해요.」

「넌 머리가 좋으니까 대학에 가서 공부를 하렴.」

「뭘 하기 위해서요?」

「열정적인 직업을 가지기 위해서.」

「마음이 움직이지 않는 사람은 절대 열정적일 수 없어요.」

「네가 원하는 게 도대체 뭐니? 네가 실현하고 싶은

꿈이 뭐야?」

「꿈 같은 것도 없고, 원하는 것도 없어요. 이 모든 게 중단되는 것 말고는요. 제가 열렬히 원하는 게 바로 그거예요.」

「누가 죽음이란 게 그렇게 좋다더냐?」

「좋은지 어떤지 저도 몰라요. 하지만 적어도 그건 다른 거잖아요.」

「그럴지도. 또 어쩌면 똑같은 것일지도.」

「좋을 대로 말씀하세요. 아빠는 이 강박 관념에 맞서 아무것도 할 수 없어요. 저한테 그걸 주실 거죠, 그래요, 아니에요?」

「죽음 말이냐? 결코. 난 네 아비야, 그리고 널 사랑해.」

「아가멤논도 이피제니의 아버지였고 그녀를 사랑했어요. 그래도 그는 그녀를 죽였죠.」

「너도 알다시피, 난 너에게 이피제니라는 이름을 붙여 주지 않았어. 그러니 함부로 갖다 붙이지 말거라.」

「첫째와 둘째의 이름을 오레스트와 엘렉트르로 지을 경우에는 충동이 너무 세서 셋째의 이름이 뭐가 되든 운명이 작동하기 시작한다는 것을 믿어야 해요.」

「말도 안 되는 소리. 난 그런 류의 충동을 전혀 느끼지 않아.」

「운명은 아빠가 느끼지 못해도 작동해요.」

「운명 같은 건 없어.」

「그럼 왜 아빠는 포르탕뒤에르 부인의 예언을 믿으세요? 아빠는 그것에 순순히 따를 정도로, 초대 손님 중에 이상적인 희생자를 찾을 정도로 그것을 믿고 계세요! 아빠는 볏단을 들고 불에 뛰어들고 있어요. 에브라르는 단호했어요. 아빠는 초대 손님 중에 아무리 가증스러운 자가 있어도 계획을 세워 그를 살해할 수는 없어요. 어떻게 하실 거예요?」

「그건 나도 모르겠다. 그건 너와는 상관없는 일이야.」

「아뇨, 상관있어요. 저 역시 이틀 전부터 잠을 이루지 못하고 있어요. 저도 모든 가능성을 검토해 봤어요. 제 말을 믿으세요, 제가 쟁반에 담아 가져온 것 말고는 다른 해결책이 없어요.」

「난 싫다.」

「제가 아빠의 논리, 선례의 논리를 사용해 말해 볼게요. 이상한 논리지만 아빠의 논리니까요. 우리 사교계에서 자식을 죽인 선례가 있는지 에브라르에게 전화를 걸어 물어보시지 않아도 돼요. 제가 말씀드릴게요. 선례가 있어요. 아가멤논과 이피제니요. 아빠가 귀가 닳도록 말씀하신 것처럼 아주 훌륭한 집안이죠.」

「그 선례를 보고 누가 따르고 싶겠니? 자식을 죽인 아버지에게는 끔찍한 일밖에 일어나지 않아.」

「끔찍하긴 하죠. 하지만 수치스럽진 않죠. 아빠가 가든파티 중에 절 죽인다면, 모두가 아빠를 괴물로 보겠지만, 어느 누구도 아빠의 행위를 상스럽다고 여기진 않을 거예요. 그 단어의 어원적 의미로요.[10] 자식을 죽이는 것은 비열하지만 무례하지는 않아요. 따라서 아빠는 잘못을 저지른 게 아닌 셈이 되고, 사람들은 아빠와 아빠의 아내, 그리고 다른 자식들을 인정할 거예요.」

「아주 경사가 났구나!」

「맞아요, 경사가 난 거예요. 그게 아빠한테 가장 중요한 거예요. 아빠는 저에게 좋은 아버지여야 할 뿐 아니라 오레스트와 엘렉트르에게도 좋은 아버지여야 하

10 ignoble(상스럽다)은 어원으로 볼 때 〈귀족적이지 않다non noble〉에서 유래한다.

고 엄마에게는 좋은 남편이어야 해요. 아빠가 초대 손님을 살해한다면, 사람들은 더 이상 그들을 인정하지 않을 거예요. 아빠가 절 죽인다면, 사람들은 계속 그들을 받아들일 거예요.」

「난 너에게도 좋은 아버지이길 원해.」

「제가 좋은 아버지가 될 절호의 기회를 드릴게요.」

「좋은 아버지가 되는 건 자신을 안티고네로 착각하는 계집아이의 정신 나간 명령에 따르지 않는 거야.」

「안티고네? 전혀 상관없어요! 안티고네는 삶을 사랑했지만 전 그렇지 않아요.」

「간단히 말해서, 난 네 말에 따르지 않을 거야.」

「아빠는 아빠에게 선택의 여지가 없다는 걸 아직 이해하지 못했어요. 바로 그런 거예요, 운명이란.」

「설사 그게 사실이라고 해도 난 그런 끔찍한 짓을 저지를 수 없을 거야.」

「아가멤논은 할 수 있다고 느꼈을 거라고 생각하세요? 그의 내부에 있는 모든 것이 그걸 거부했을 거라고 생각하지 않으세요? 하지만 그의 경우는 아빠의 경우보다 더 안 좋았어요. 이피제니는 죽고 싶어 하지 않았

「으니까요.」

「넌 날 조종하고 있어. 넌 괴물이야.」

「절 죽여야 할 이유가 하나 더 생겼네요.」

「넌 모든 것에 대답을 갖고 있구나. 넌 내가 그걸 어떻게 할 거라고 예상했니?」

「아빠가 마음먹고 있는 대로, 사냥총으로요.」

「내 딸의 머리에 22구경 롱 라이플을 대고 쏘다니, 그건 불가능해.」

「그래야만 할 거예요. 아빠는 제가 모퉁이 탑 꼭대기에서 뛰어내리는 게 낫겠어요?」

「아니다. 부디 플뤼비에는 이 끔찍한 일과는 아무 관계도 없기를.」

「우리에겐 독이 없으니, 아빠가 체사레 보르자[11] 흉내를 낼 수는 없을 거예요.」

「내가 탑 꼭대기에서 조준해서 쏴야 할까?」

「너무 위험해요. 자칫 다른 사람을 맞힐 수도 있으니까요. 전 아빠의 사격 솜씨가 뛰어나다고 생각하지 않

11 르네상스 시대 이탈리아의 전제 군주이자 교황군 총사령관(1475~1507). 독약을 이용해 정적들을 제거한 것으로 유명하다.

아요. 해가 저물 무렵에 총을 가지러 가세요. 전 손님들과 정원에 있을 테니, 사람들을 헤치고 다가와서 조금도 지체하지 말고 저에게 대고 쏘세요.」

「상상조차 할 수 없는 일!」

「그래야만 해요. 그럴 수 없다는 생각이 들 때마다 이렇게 되뇌세요. 그래야만 한다고. 그것 외에는 달리 방도가 없으니까요.」

「넌 날 사랑하지 않는 거니?」

「아뇨, 전 아빠를 사랑해요.」

「날 사랑한다면, 그 패륜적인 행위를 완수하라고 명령하지 말거라.」

「제가 그렇게 해달라고 조르는 건 바로 아빠를 사랑하기 때문이에요. 아빠에겐 그게 유일한 해결책이에요.」

「그럼 넌 어떻게 되고?」

「마침내 뭔가가 나에게 와닿았다는 생각만으로도 전 행복해요. 아무것도 와닿지 않는 것이 얼마나 힘든지 아빠가 아신다면!」

「내 딸아, 오늘이 10월 2일이니 내가 너를…… 네 계획은 10월 4일에 실행에 옮겨지게 되어 있어. 그때까지

92

어떻게 살아야 하지?」

「그 생각을 하지 마세요. 매년 해오던 것처럼 가든파 티 준비에만 집중하세요.」

「내가 어떻게 그 생각을 하지 않을 수 있단 말이냐?」

「아가멤논 역시 애지중지하는 딸을 희생시켜야 하리 라는 것을 미리 알았어요. 그 역시 아빠와 크게 다르지 않았을 거예요.」

「적어도 그에게 그건 희생이었어.」

「아빠한테 도움이 될 수 있다면, 이것도 희생이라고 생각하세요. 가만히 생각해 보면, 사실이잖아요. 아빠 는 딸을 희생시키는 거예요.」

「어떤 대의를 위해 내가 널 희생시키는 거니?」

「사교계의 순항을 위해, 아빠가 태어난 이후로 아빠 를 사로잡아온 의무를 위해, 초대 손님들을 존중하는 데 있는 명예를 위해, 어떠한 대가를 치러서라도 그 명 예를 지키고자 싸웠던 조상들을 위해.」

「아, 이 무슨 야만스러운 짓인가!」

「아빠, 아빠는 늘 어떠한 일이 있어도 책임을 다하는 사람들에 대해 칭찬을 아끼지 않았어요. 아가멤논도 그래야만 한다고, 이 확신이 너무나 고통스럽다고 수도 없이 되뇌었을 거예요.」

앙리는 양손으로 얼굴을 감쌌다. 세리외즈가 말을 이었다.

「제가 동의했다는 걸 증명하는 편지를 쓰고 서명해 드릴까요?」

「네가 정신이 나간 게냐?」

「정반대예요. 전 아빠가 절 죽이고 처벌받는 걸 원치 않아요.」

「난 처벌받고 싶다. 처음으로 난 사형제를 복원하는 데 찬성이다. 나한테만 적용하게……」

「아빠, 아빠는 제가 필요로 하는 것을 저한테 줬다고 생각하게 될 거예요. 전 아빠를 우주에서 가장 좋은 아빠라고 생각해요. 왜냐하면 제가 질식해 가는 이 무(無)의 외피에서 절 해방시켜 주기로 하셨으니까요. 잊지 마세요. 아빠가 범하게 될 일, 그게 저에게는 사랑의 행위가 될 거예요!」

「닥쳐라! 네가 계속 말을 하면, 난 널 미워하게 될 게다. 널 미워하게 되면, 차마 널 죽일 용기가 나질 않을 게야.」

　세리외즈는 웃었다. 이 마지막 말이 그녀를 안심시켰
으니까. 그녀의 아버지는 끝까지 갈 것이었다.

알렉상드라는 타고날 수 있는 선에서 가장 좋은 성격을 타고났다. 그녀는 무슨 일에서든 좋은 면을 보는 법을 찾아냈다. 그녀는 기분 처지게 하는 대화를 거부했다. 특히 아무 소용이 없을 때는. 그런데 그런 경우가 잦았다.

「그 사람들, 베네치아에 갔다 와서는 그 도시가 가라앉고 있다고 말해요! 아주 심각한 표정을 지으면서 말이죠. 마치 우리가 그걸 모르는 것처럼, 마치 우리가 그걸 조금이라도 바꿀 수 있는 것처럼! 정말 참을 수가 없다니까!」

누군가가 몇십억 년 후에 식어 버릴 태양이나 컴퓨터

앞을 떠나지 않는 아이들, 혹은 점점 줄어드는 빙산을 멍하니 바라보는 굶주린 백곰들에 대해 말하기 시작하면, 알렉상드라는 환한 미소를 지으며 이렇게 선언해 대화를 도중에 끊어 버렸다.

「베네치아야 가라앉으라지!」

그러면 그 자리에 있던 사람들은 베네치아가 점점 가라앉는 게 백작 부인을 왜 그렇게 기분 좋게 만드는지 이해하지 못한 채, 대화 중에 난데없이 그 말이 왜 툭 튀어나오는지 궁금해하며 불편한 표정으로 서로를 쳐다보았다. 열변을 토하던 사람이 생각의 끈을 놓쳐 버렸다고 한탄하면, 알렉상드라는 그 틈을 이용해 화제를 바꿔 버렸다.

그녀에게는 그 무엇도 비극적으로 보이지 않았다. 그녀에게는 따분한 것과 그렇지 않은 것, 두 종류의 대화뿐이었다. 돌이킬 수 없는 재앙, 피할 수 없는 불행의 예고는 그녀를 진력나게 했다.

엄마의 아름다운 얼굴에서 권태의 신호를 해독하는 법을 너무나 잘 터득하고 있었기에, 세 아이는 직접 나서서 호통 같은 〈베네치아야 가라앉으라지!〉로 손님의 따분한 장광설을 중단시키곤 했다.

그러면 손님은 불안한 눈길로 알렉상드라를 쳐다보았고, 그녀는 이렇게 말했다.

「저 애들이 왜 저러는지 모르겠네요. 사춘기 아이들은 정말 알 수가 없다니까요. 댁의 아이들은 어떤지요, 선생님?」

가산이 기울기 시작했을 때, 앙리는 아내에게 그 사실을 털어놓았다. 그녀는 그 사실을 직접 확인하고는 불평 한마디 없이 생활비의 엄청난 삭감을 받아들였다. 그들은 브뤼셀의 아파트와 백작 부인의 애스턴 마틴[12]을 처분했는데, 그녀는 그러한 변화들이 있었는지조차 모르는 것처럼 행동했다.

2014년 초, 느빌은 눈물겨운 노력에도 불구하고 성을 매각할 수밖에 없게 되었다고 알렸다. 상황은 이제 돌이킬 수 없는 지경에 와 있었다. 그가 감당할 수 없는 슬픔을 토로하며 애절한 연설을 시작하려는데, 그의 아내가 말을 끊었다.

「베네치아야 가라앉으라지!」

12 영국의 고급 스포츠카 브랜드.

「하지만…… 플뤼비에를 잃게 됐는데 마음이 아프지 않소?」

「베네치아가 가라앉는 걸 내가 안타깝게 여기지 않는다고 누가 그래요?」

〈2014년이 끔찍한 해가 될 거라고 선언하긴 했지만, 내 말이 어느 정도로 맞을지는 나도 알지 못했어.〉세리외즈가 서재를 나서는 순간 앙리는 이렇게 생각했다. 심각한 문제가 발생했을 경우, 그는 보통 아내와 상의했다. 하지만 이번에는 그럴 수가 없었다. 세리외즈가 자신의 죽음을 절대 피할 수 없는 것으로 제시했기 때문에 그는 자기도 모르게 이렇게 중얼거렸다.

「베네치아야 가라앉으라지!」

알렉상드라의 입에서 튀어나왔을 때보다는 생뚱맞고 코믹한 맛이 훨씬 덜하긴 했지만.

어떻게 하면 그 생각을 안 할 수 있을까? 앙리는 루이즈가 죽었을 때 그가 한 달 동안 끊임없이 울자 오카생이 그만 울라고 명령했던 일을 떠올렸다.

「그러고 싶어도 그럴 수가 없어요.」아이는 훌쩍이며

대답했다.

「루이즈 생각은 이제 그만해. 이건 명령이야. 알겠어?」
오카생이 쩌렁쩌렁한 목소리로 말했다.

아버지의 권위는 그가 슬픔에 빠져드는 것을 막았
다. 이제 예순여덟 살이 된 앙리는 그가 저지르려고 준
비하는 살인에 대해 생각하는 것을 스스로 금하기 위
해 기억을 더듬어 아버지의 무시무시한 목소리를 떠올
렸다. 이 방법의 효과는 즉각적이었다.

금기의 힘이 워낙 절대적이어서 예전의 방어 기제가
즉각 무너져 버렸다. 느빌은 루이즈의 죽음에 대해 생
각하기 시작했고, 거의 60년 동안 그것을 슬퍼할 권리
가 없었기 때문에 자신의 절망에 마음껏 빠져들었다.
그는 눈물이 나오는 대로 실컷 울어 버렸다. 〈내 안에
이렇게 많은 눈물이 고여 있을 줄은 나도 미처 몰랐어.〉
그는 이렇게 생각했다.

흐느껴 우는 와중에도 그는 두 상황의 유사함을 알
아채지 않을 수 없었다. 물론 오카생이 루이즈를 죽인
건 아니지만, 그가 어떻게든 딸의 목숨을 구하려는 아
버지의 태도를 보이지 않았다는 사실은 부인할 수 없

었다. 의사는 딱 한 번 왕진을 왔고, 가능한 빠른 시일 내로 환자의 주변 환경을 바꿔 줘야 한다고 말했다.

「열기가, 태양이 없으면 이 아이의 병은 낫지 않을 겁니다.」

이 말은 하나마나한 것으로 남았다. 오카생에게는 딸을 남쪽 지방으로 보낼 돈이 없었다. 치료비를 대기 위해 플뤼비에성을 파는 것은 있을 수 없는 일이었다. 앙리는 그 생각이 아버지의 뇌리를 스친 적이 있기나 한지 궁금했다. 〈분명히 없었을 거야. 그건 상상조차 할 수 없는 것의 범주에 속했으니까.〉 그는 이렇게 결론 내렸다.

그도 똑같은 궁지에 몰려 있었다. 다른 점이 있다면, 아버지는 그 딜레마를 의식하지 못했다는 것뿐이었다. 〈행복한 양반, 당신은 당신이 사랑하는 딸을 죽인 장본인이라는 사실도 몰랐어요! 당신 주변 사람들은 당신의 비열함에 대해 눈감았고, 계속 당신을 인정하고 초대했어요. 당신의 성은 오늘날에도 존경심을 불러일으켜요!〉

앙리는 자신을 기다리고 있는 암울한 운명을 생각하

며 비교를 계속해 나갈 권리를 온몸으로 거부했다. 그래서 그는 기억을 짜 맞춰 죽음의 침상에 누워 있던 루이즈의 얼굴을 재구성했다. 그는 그때까지 의식하지 못했던 명백한 사실, 열일곱 살의 세리외즈가 관 속에 누워 있던 루이즈와 닮았다는 사실에 큰 충격을 받았다.

살아 있을 때 루이즈는 세리외즈보다 훨씬 예뻤다. 죽음이 그녀의 이목구비를 딱딱하고 우아하지 못하게 경직시켜 버렸다. 〈세리외즈가 열두 살부터 짓는 표정이 그래.〉 그는 생각했다.

그는 세리외즈의 어릴 적 모습을 떠올려 보려고 애썼다. 아름답진 않아도 생기로 반짝이는 아이였다. 루이즈 역시 그랬다. 루이즈가 예뻐지기 시작한 건 세리외즈가 시들어 버린 나이와 거의 같은 열세 살 즈음이었다. 정말이지 두 여자아이 사이에는 궁금증을 자아내는 묘한 연관이 있었다.

〈그리고 난, 난 사랑하는 아이를 두 번이나 잃게 될 거야. 첫 번째는 비극의 증인으로, 두 번째는 죄인으로.〉

바로 그때, 올빼미 우는 소리가 들려왔다. 그의 어머니는 늘 그에게 말했다. 「올빼미가 울면, 네 생각이 맞는 거란다.」그는 생각했다. 〈맞으면 뭐하나. 난 아직 죄인이 아냐. 아니, 어쩌면 이미 죄인인지도. 난 어느 순간에 죄인이 되어 버렸을까? 큰아이 둘의 이름을 오레스트와 엘렉트르로 지은 게 진정 운명을 자극한 것이었을까?〉

　그는 세리외즈가 자신의 열두 살 시절에 대해 얘기했던 것을 재구성해 보려고 애썼다. 〈난 이해하지 못했어. 게다가 그게 제 입으로 털어놓은 그 아이의 의도야. 그 아이는 날 농락하고 있어.〉그는 이렇게 결론지었다.

다음 날 새벽 3시, 앙리는 여전히 잠을 못 이루고 있었다.

〈생각을 안 하려고 해도 안 할 수가 없네. 내 안의 뭔가가 그 생각을 하고 있어. 3일 밤 연속 하얗게 새고도 내가 버틸 수 있을까?〉

불면증은 아주 큰 미스터리였다. 우선, 잠을 자지 않더라도 편안한 침대에 지속적으로 누워 있는데 뭐가 그리 고통스러울까? 그 경우, 우리는 왜 끔찍한 생각들의 중심이 되어 버리는 걸까? 아마 이렇게 설명할 수 있을 것이다. 불면증은 최악의 적과 함께 오랫동안 한곳에 갇히는 것이다. 최악의 적이란 자신의 저주받은 부분이다. 모든 사람에게 이 부분이 있는 것은 아니다. 따라서 모든 사람이 불면증을 겪지는 않는다.

이 저주는 어둠에 빠진, 따라서 눈길을 딴 곳으로 돌릴 수 없는 개인들을 공격하는 만큼 더욱더 무시무시하다. 불면증의 경우, 의사들은 일어나서 다른 일에 열중해 보라고 권유한다. 하지만 그건 불면증 환자가 단 하루만 잠을 못 잔 게 아니란 사실을 모르고 하는 소리다. 그는 너무 피곤해서 일어날 수도, 다른 일을 할 수도 없다.

기진맥진한 앙리에겐 최악의 생각과 싸울 기력조차 거의 없었다. 하지만 새벽 3시 30분, 그의 정신은 그에게 아주 중요해 보이는 한 가지 사실에 가닿았다. 점쟁이의 예언은 이런 것이었다. 〈가든파티 도중에 당신은 초대 손님 중 한 명을 살해할 것이다.〉 그런데 세리외즈는 초대 손님이 아니었다. 그녀는 집안의 딸 중 하나였다. 따라서 희생자는 그녀일 수 없었다.

생각이 거기에 이르자, 느빌은 너무나 기쁜 나머지 안도의 한숨을 내쉬었다. 근심에서 해방된 그는 마침내 잠이 들었다.

불면증 환자들은 잠의 행복을 다른 사람들보다 훨씬 깊이 음미한다. 적어도 그들은 자신들이 자고 있다는 걸 안다.

그는 아침 10시에 잠에서 깨어났고, 그의 핏속에 흐르는 휴식의 감미로운 감각을 분석하기 위해 침대에 그냥 누워 있었다. 〈세리외즈에게는 아무 말도 말아야겠어. 그 못된 아이가 궤변으로 또 내 머릿속을 뒤죽박죽으로 만들어 놓을 수 있으니까.〉 그는 이렇게 결심했다. 〈그렇다면 나는 내일 누굴 죽이게 될까? 아무나 되라지. 그렇게 되면 누구도 범죄를 계획했다고 날 비난하진 못할 거야.〉 이러한 생각이 그를 즐겁게 했다. 그는 아주 가뿐한 기분으로 침대에서 일어났다.

아침 식사를 하는 동안 알렉상드라가 그의 곁에 머물러 주었다. 날씨는 더없이 좋았다.

「비알라트가 말했듯이, 기상은 딱 한 가지 법칙만 따라. 날씨는 90퍼센트의 확률로 전날 날씨와 똑같아. 따라서 내일 날씨는 가든파티를 하기에 더없이 좋을 거야.」

「샴페인은 주문했어요, 여보?」

「배달하는 사람들이 오늘 정오에 가져오기로 했으니, 내가 챙기리다.」

그들은 빠끔히 열린 문을 통해 세리외즈가 그들을 관찰하고 있다는 것을 알아차리지 못한 채 이런저런 자잘한 사항들에 대해 얘기를 나누었다. 성체 배령을 처음 받는 아이처럼 천진난만하게도 앙리는 얼굴 표정을 꾸미는 것을 소홀히 했다. 그는 진심으로 즐거워하고 있었다. 세리외즈의 눈은 그것을 놓치지 않았다.

오후 3시경, 느빌은 주방에서 샴페인 잔들을 상자에서 꺼내 깨끗한지 확인하느라 분주했다. 그는 잔을 하나씩 들어 불빛에 비춰 보고 지문이 묻은 게 조금이라도 보이면 비눗기 없는 뜨거운 물에 담갔다. 세리외즈가 주방으로 들어왔다.

「제가 좀 도와 드릴까요, 아빠?」

「그래 주겠니. 다 씻은 잔은 쟁반 위에 올려놓으면 된다.」

그들은 아무 말 없이 일에 몰두했다.

앙리는 위험을 감지하지 못했다.

「기분이 훨씬 좋아지신 것 같네요, 아빠.」

「그래. 드디어 푹 잤거든.」

「아. 전 못 잤어요.」

그는 그제야 딸아이의 낯빛이 창백하다는 걸 알아차렸다.

〈죽는 게 두려워서 그러는 걸까?〉 손에 쥔 잔을 행주로 닦으며 그는 생각했다. 그러고는 아무 일도 없는 양 계속 잔들을 검사했다.

「아빠는 심지어 즐거워 보이시네요.」 그녀가 말했다.

「내가 가든파티 준비하는 걸 좋아하잖니. 준비를 하다 보면 이전에 열렸던 파티들의 추억, 샴페인의 맛이 떠오르지. 미리 맛보는 도취라고나 할까.」

「너무 많이 드시면 안 될 거예요. 머리를 겨냥해야 할 테니까요.」

〈가증스러운 녀석. 정말 해달라는 대로 해줄까 보다!〉 그는 속으로 생각했다.

그녀는 일을 대충 해치우고 감히 잔소리까지 해댔다.

「내일 어떤 일이 벌어질지 아시면서, 어떻게 이렇게 잔이나 닦고 있을 수가 있어요?」

「부처님 말씀 중에 이런 게 있어. 〈설거지를 할 때는 설거지를 하라.〉」

「부처님이 정말 그렇게 말씀하셨어요?」

「비슷하게 말씀하셨지. 어쨌거나 그 말씀이 그 말씀이야.」

「아빠, 전 죽는 게 두려워요.」

「포기하겠다는 뜻이냐?」

「아뇨. 제가 마지막 순간에 살려 달라고 애원하더라도 그건 전혀 고려하지 말아야 할 거예요.」

「알았다.」

세리외즈의 작업이 마음에 들지 않았던 느빌은 그녀가 쟁반에 내려놓은 잔을 집어 다시 닦았다. 그녀가 한숨을 내쉬었다.

「아빤 절 사랑하지 않아요.」

「네가 닦은 잔을 다시 닦아서?」

「게다가 절 놀려 대기까지 하시는군요. 내일 저를 죽일 거면서 아무렇지도 않으시잖아요.」

「난 그저 너의 계율을 말 그대로 따르는 것뿐이야. 슬로건은 〈그래야만 한다〉지. 떠올려 보렴, 어제 난 반

발했어. 온몸으로 제지했고 사력을 다해 거부했다.」

「그런데 지금은 받아들이시는 거예요?」

「적응하는 거지.」

「혐오스러워요.」

「네가 원하는 게 도대체 뭐냐?」

「아빠가 고통스러워하는 걸 느끼고 싶어요.」

「너도 알다시피, 넌 아무것도 못 느껴.」

「어제, 전 아빠의 고통을 느꼈어요. 그건 이중으로 제 마음에 들었어요. 뭔가를 느껴서 좋고, 절 죽여야 한다는 생각이 아빠를 파괴하는 걸 느껴서 좋고.」

「마음씨가 곱기도 하구나!」

「그런데 이제 끝났어요. 아빠는 더 이상 고통스러워하지 않아요.」

「난 남에게 영합하는 태도를 끔찍이 싫어해. 그건 비천한 감정이지. 잘 새겨 두렴.」

「그렇군요. 저한테 도덕을 가르치는 게 아직 쓸모 있다고 생각하세요?」

「물론이지. 너한테는 아직 24시간이 남았잖니. 너의 개성에서 내가 발견하는 것을 고려할 때, 난 더한 것을 보게 될까 봐 두렵다.」

「그럼, 절 죽이면 그럴 일 없으니 잘됐네요. 얼마나 속이 후련하실까! 전 예쁘지도 사랑스럽지도 않아요. 사랑받지도 못하고.」

앙리가 한숨을 쉬며 막내딸을 똑바로 쳐다보았다.

「평범한 사춘기 소녀의 발작, 이게 바로 네가 나한테 보여 주는 거야.」

「틀렸어요. 아버지한테 자신을 죽이라고 강요하는 건 진부하지 않아요!」

「그게 네가 원하는 거냐? 독창적이 되는 거?」

「그럼 아빠는, 아빠는 절 죽이기 전에 모욕을 주고 싶으세요?」

그녀가 울음을 터뜨렸다. 느빌이 마음이 누그러져 그녀를 껴안았다. 세리외즈가 우는 모습을 보는 게 얼마만이던가? 가만히 안겨 있던 아이가 자신의 역할이 그러한 자세를 허락하지 않는다는 사실을 떠올리기라도 한 것처럼 곧 그의 품에서 빠져나왔다.

세리외즈의 일그러진 얼굴을 본 백작은 더 이상 자신을 제어할 수 없었다. 그는 덫에 걸려들고 말았다.

「난 널 죽이지 않을 거야. 내가 기분이 좋은 건 바로 그 때문이야.」

「절 안 죽일 거라고요, 어째서요?」 그녀가 떨리는 목소리로 물었다.

「난 널 죽이지 않을 거야, 약속하마. 그러니 이제 그만 울어.」

「하지만 제가 아빠한테 기대하는 건 그 반대예요. 아빠한테는 약속을 무를 권리가 없어요!」

앙리는 다시 잔을 닦기 시작했다.

「넌 결코 만족하는 법이 없구나.」

「아빠는 정말 바보예요! 제가 연극하는 걸 못 알아차리셨어요? 전 죽음이 조금도 두렵지 않아요! 다만, 아빠가 절 죽이는 걸 포기했다는 게 한눈에 다 보였어요. 그래서 확인해 보고 싶었어요.」

「이런, 죽여 마땅한 것 같으니! 그렇지만 난 아무것도 하지 않을 게다.」

「아빠는 제 소망을 저버리기 위해 뭐든 할 각오가 되어 있군요!」

「바보 같은 소리는 이제 좀 그만두지 그러니?」

「어제는 동의하셨잖아요! 그새 무슨 일이 있었던 거예요?」

「점쟁이의 예언은 내가 초대 손님을 죽일 거라는 거였어. 그런데 넌 초대 손님이 아냐.」

세리외즈는 입을 다물지 못했다.

「뭐예요, 그게 다예요?」 잠시 후 그녀가 말했다.

「넌 집안사람이잖아.」

그녀가 웃음을 터뜨렸다.

「아빠, 아빠가 존재하지 않으면 발명해 내야겠네요. 어떻게 그 정도로 형식주의자일 수가 있죠?」

「난 뭐가 그리 웃기는지 전혀 모르겠다.」

「아빠한테 용어가 그토록 중요하다면, 저를 초대해 주세요.」

「그럴 수 없어. 넌 내 딸이고, 내 집에 거주하고 있고, 미성년자고, 내 말에 복종해야 해.」

「아빠도 알다시피, 그 지표들 중에 초대 손님의 신분과 양립할 수 없는 건 아무것도 없어요.」

「오늘은 토요일 오후고, 파티는 내일 열려. 초대장은 제때 도착하지 못할 거야.」

「절 우롱하시는군요. 아빠가 구두로 사람들을 초대하시는 걸 제가 몇 번이나 본 줄 아세요?」

「그건 사람들이 정식 초대라고 부르는 게 아냐.」

「아무렴 어때요. 절 초대해 주세요.」

「그렇게 상스러운 명령을 들으니 초대하고 싶은 마음이 전혀 안 생기는구나.」

「그래요, 전 아빠한테 초대받을 만한 인물이 못 돼요. 그냥 한마디만 해주세요. 그러면 전 초대받은 게 될 거예요.」

「버릇없는 것!」

「아뇨. 전 아빠한테 진정한 기사 서임식을 요구하고 있다는 걸 의식하고 있어요. 그리고 아빠가 그걸 저에게 허락하길 바라고요.」

「넌 자격이 없어.」

「저도 초대 손님 명부를 훑어봤는데 자격 있는 사람은 아무도 없더군요, 아빠.」

「빨리도 무시하는구나! 그 사람들에 대해 아무것도 모르면서.」

「그 사람들이 아빠의 발밑에도 한참 못 미친다는 건

알아요.」

「넌 날 사랑하는 거니, 아니면 증오하는 거니?」

「전 아빠가 더는 의미 없는 귀족 계급을 대표하기 때문에 증오해요. 그리고 같은 이유로 아빠를 사랑해요. 아빠 때문에 전 어른들은 다 비슷할 거라고 믿었어요. 그랬다가 아주 비싼 대가를 치렀죠.」

「네가 수수께끼 같은 말만 하면 정말로 못 견디겠다.」

「절 초대해 주세요, 아빠.」

「널 초대하는 건 너에게 죽음을 선고하는 거야.」

「맞아요.」

「그런데 내가 어떻게 널 초대할 수 있겠니?」

「아빠, 전 응석 부리며 버릇없이 자란 아이가 아니에요. 아빠한테 아무것도 부탁한 적이 없었죠. 제가 아빠한테 뭔가를 부탁하는 건 이번이 처음이에요.」

「그렇긴 하지. 그런데 처음 하는 부탁치곤 너무 과하구나.」

「아빠한테는 선택의 여지가 없어요. 예언을 생각하세요.」

「지난밤에 난 아무 손님이나 되는대로 죽이기로 결

심했다.」

「미쳤군요! 에브라르도 이렇게 말할 거예요.」

「에브라르에게 네가 나한테 원하는 것에 대해 말하면, 그는 틀림없이 우리 사교계에는 전례가 없는 일이라고 대답할 게다.」

「그럼 아트레우스[13] 가문은요?」

「그들은 벨기에 사람이 아니었어.」

「웃기네요, 아빠. 아빠가 전례를 따지는 것만큼이나 웃겨요. 왜 전례가 있어야만 하죠?」

「그건 귀족의 원칙 중 하나야. 귀족은 조상들의 행위에서 영감을 받지.」

「브라보! 그런 이념 갖고는 멀리 가지 못해요.」

「내 생각으로는 제법 멀리 가.」

「아빠 얘기는 도무지 말이 안 돼요. 기원을 거슬러 올라가다 보면, 언젠가는 어떤 귀족이 최초로 이런저런 행위를 해야만 했을 테니까요.」

「난 최초로 파티 중에 자기 자식을 살해한 사람이 되고 싶은 마음이 눈곱만큼도 없어, 알겠니?」

13 아가멤논의 가문.

그때까지만 해도 고른 행동을 보이던 세리외즈가 바로 그 순간 무시무시한 분노를 표출했다.

「아빠가 원하고 원치 않고는 전혀 문제가 안 된다는 걸 모르시겠어요? 운명은 아빠의 욕망 따위에는 콧방귀도 안 뀐다고요! 도대체 무슨 생각을 하시는 거예요? 삶이 아빠의 동의에 관심이나 있을 거라고 상상하세요?」

「안심하렴, 얘야, 네가 굳이 가르쳐 주지 않아도 산다는 게 얼마나 가혹한 일인지 잘 알고 있으니까.」

「왜요? 어릴 적에 누나를 잃어서요? 그건 아무것도 아니에요! 그건 아빠가 책임지지 않아도 되는 비극이니까! 아빠는 죄인들의 족속에 합류하지 않고는 이 난관을 벗어나지 못할 거예요!」

「닥쳐!」

「아뇨, 전 닥치지 않을 거예요! 그건 너무 쉬워요! 아빠는 모든 사람처럼 죄인으로 죽을 거예요!」

「너처럼?」

「예, 저처럼. 방식은 달라도.」

「헛소리를 지껄이는구나. 너, 정말 전문가를 만나 봐

야겠다.」

「시간 없어요. 가든파티는 내일이에요. 절 초대해 주세요.」

폭발하듯 분출된 세리외즈의 분노는 이제 차갑게 식어 있었고, 그런 만큼 더욱 불안스러웠다. 앙리에게는 그 분노가 정신적이기보다는 물리적인 공격으로 다가왔다. 그가 항복하고 만 것은 바로 그 때문이었다. 그가 목멘 소리로 말했다.

「너를 초대한다, 세리외즈.」

그녀의 태도가 순식간에 누그러졌다.

「그 말이 뭘 뜻하는지 잘 알고 계시지요, 아빠?」

「그래.」

「고마워요, 아빠. 저 정말 감격했어요.」

세리외즈의 얼굴이 환하게 빛을 발하기 시작했다. 그녀도 자신이 거의 아름답다는 것을 알아챈 듯했다. 아버지 앞에서 그 또래에게 전형적으로 나타나는 연극적인 교태를 내보였으니까. 느빌은 순간적으로 살해당하고자 하는 딸의 욕구 속에 성적인 욕망과 유사한 충동이 있다는 것을 간파했다. 배배 꼬인 것을 몹시 싫어하는 느빌은 인상을 찡그렸다. 세리외즈의 아름다움은 곧바로 사라졌다.

「그거 아세요? 아빠가 절 아름답지 않다고 여기는 건 제가 아빠를 닮았기 때문이에요.」

「말 같지 않은 소리는 이제 끝낼 때 안 됐니?」

「아빠 말이 맞아요. 우리, 〈두 번 일어난 일은 세 번도 일어난다〉는 속담처럼 하긴 없기로 해요. 또다시 절 죽여 달라고 아빠를 설득해야 하는 건 싫으니까요. 우리, 지금 계획을 정해요. 아빠 언제쯤 작업에 착수하실 거예요?」

「손님들이 오후 2시경부터 도착하기 시작할 거야. 그리고 4시에 정원에서 독창회가 있을 거고.」

「완벽해요. 독창회가 시작되면 자리에서 슬그머니 빠져나오세요. 아무도 알아차리지 못할 거예요. 다들 음악에 귀를 기울이고 있을 테니까요. 같은 이유로 아무도 사냥총을 가지고 돌아오는 아빠를 보지 못할 거예요. 전 청중의 첫 줄 모퉁이에 서 있을게요. 그때 다가와서 쏘세요.」

「이제 가거라.」

「아빠한텐 더 이상 생각을 바꿀 권리가 없어요, 안 그래요?」

「나도 알아. 가라니까.」

백작은 고통에 짓눌린 채 오직 한 명의 수신인을 대상으로 하는 혼란스러운 생각들을 하며 잔 닦는 일을 마저 끝냈다. 〈나의 주님, 전 저에게 신앙이 있는지조차 알지 못합니다. 하지만 누군가에게 하소연을 해야만 하겠습니다. 당신에게 빕니다. 무엇을? 전 당신께 무엇을 부탁드려야 하는지도 모릅니다. 전 〈빌다〉라는 동사의 절대적인 의미로 당신께 빕니다. 제가 이처럼 비천한 운명에 처해져야 마땅한가요? 전 저 자신에 대해 판결을 내릴 정도로 뻔뻔하지 못합니다. 만약 제가 밤 사이에 무슨 이유로든 죽을 수 있다면, 그것은 정말이지 멋진 일일 겁니다. 주님, 전 당신께 아무것도 부탁하지 않습니다. 전 제가 당신을 믿는지 결코 알지 못했습니다. 당신을 생각한 적도 없고요. 제가 지금 비탄에 빠져 있다는 것을 구실로 당신께 도움을 청한다면, 전 그 비열한 행위를 부끄러워할 것입니다. 모든 일이 일어나

게 되어 있는 대로 일어나게 하소서. 이게 답니다.〉

세리외즈는 아가멤논과 이피제니 얘기로 그를 피곤하게 했었다. 가톨릭 교리를 조금은 알고 있던 앙리는 아브라함과 이삭을 떠올렸다. 희망의 숨결이 그를 사로잡았고, 곧 더욱 생생한 아픔이 뒤따랐다. 〈그건 아무 상관이 없어. 이삭은 희생에 책임이 없었어. 난 구원받지 못할 거야. 세리외즈가 뭐라고 했더라? 《아빠는 모든 사람처럼 죄인으로 죽을 거예요!》 이해할 수가 없군. 그 아이는 사랑 속에서 태어났어. 그 아이 주변에는 따뜻한 애정밖에 없었지. 내가 어떻게 그런 폭력을 낳을 수 있었을까?〉

그날 밤, 앙리가 생각한 건 욥의 이야기였다. 〈그 역시 자신이 얼마나 행복한지 알지 못했어. 재산, 아내와 자식들을 잃는 건 아무것도 아냐! 하느님이 그에게 아내와 자식들을 직접 죽이라고 명령했다면, 나도 그를 불쌍히 여길 거야. 아냐, 그건 아직 장난에 불과해. 만약 그의 아내와 자식들이 그에게 자신들을 죽이라고 명령했다면, 나도 그를 가엾게 여길 거야. 내가 지금 무슨 소릴 하는 거야? 내 경우가 천배는 더 심각해. 내가 죽이게 될 건 내 막내딸뿐이야. 내 아내와 두 자식은 내가 범죄를 저지른 후에도 살아 있을 거야. 그들은 나를 저주할 거야. 그들은 나를 절대 이해하지 못할 거야. 그리고 난 그들이 그러는 게 마땅하다고 인정할 거야. 난 내 몫으로 돌아온 비열한 짓의 목록에 자기도취를 추가하진 않을 거야. 그럼에도 난 감히 하느님에게 난 내 운명을 받아들일 수 없는 것으로 생각한다고 말할 거야. 욥은 의인(義人)이었어. 난 내가 욥에 비해 못한 것은 한 번도 신앙을 진지하게 검토해 본 적이 없는 것이라고 생각해. 그렇긴 해도 만약 내가 그것 때문에 벌을 받는다면 그건 하느님 쪽에서 잘못하는 거야. 나한테는 하느님을 심판할 권리가 없잖아, 안 그래? 내 손으로 자식을 죽여야 하는 마당에 내가 무슨 짓인들 못 하겠어? 하느님, 대놓고 말하죠, 당신은 귀족이 아닙니다. 난 당신을 인정하지 않아요.〉

불면으로 세 시간을 더 뒤척인 후에 그는 스탕달이 쓴 이 구절을 떠올리며 쓴웃음을 지었다. 〈신이 내세울 수 있는 유일한 변명거리는 그가 존재하지 않는다는 것이다.〉

〈내가 신성 모독을 하고 있는 거지, 안 그래? 할 수만 있다면 더 하고 싶지만 이젠 내 능력의 한계에 달한 것 같아.〉 새벽 4시, 하느님은 미워하는 데는 전혀 재능이 없는 그 가엾은 인간을 불쌍히 여겼고, 그는 잠이 들었다.

잠에서 깨어났을 때, 느빌은 자신이 잠을 잤다는 게 너무 놀라워 신의 개입을 의심했다. 하지만 몇 시간 후에 저질러야 하는 범죄의 기억이 그 인상을 지워 버렸다.

다행스럽게도 해야 할 일이 넘쳐 났다. 손님 접대를 위해 모집한 마을 청년과 처녀 들이 도착했다. 앙리는 그들을 맞이했고, 그들에게 일을 어떻게 해야 하는지 설명했다.

젊은 소프라노 가수 파스칼린 퐁투아가 예정 시각보다 일찍 도착했다. 너무 바빠 그녀를 맞이할 수 없었던 백작은 세리외즈를 불렀다.

「퐁투아 양을 데리고 숲으로 산책 좀 갔다 오렴. 퐁투아 양이 열아홉 살이니 분명히 서로 나눌 얘기가 아주 많을 거야.」

세리외즈는 덜떨어진 사람 보듯 그를 쳐다보았고, 마지못해 그의 말에 따랐다.

꽃집 주인이 플뤼비에와 멕스르티주 영안실의 주문

을 혼동하는 바람에 앙리는 알렉상드라를 도와 엉뚱하기 짝이 없는 그 문제를 해결해야만 했다.

엘렉트르가 자신이 만든 머랭의 질을 미심쩍어해서 앙리는 엄청 맛있다는 것을 그녀에게 확신시키기 위해 그것을 네 번이나 먹어 봐야 했다. 그와 같은 상황에서 머랭을 네 번이나 먹는 것은 그야말로 형벌이었다.

스누아 남작의 집으로 차와 함께 오레스트를 보내 배터리를 충전시켜 줘야 했다.

이렇게 정신없이 바쁜 와중에도 느빌은 그날 오후 자신이 저질러야 하는 행위를 가끔씩 떠올렸다. 그러면 전기가 온몸을 훑고 지나갔지만 그에게는 비명을 지를 권리가 없었다.

날씨는 눈부시게 화창했다.

세리외즈가 여가수와 함께 산책을 끝내고 돌아오자, 앙리가 그녀에게 말했다.

「어서 가서 옷 갈아입고 오너라. 이제 곧 초대 손님들이 도착할 거야.」

「됐어요. 저는 옷 안 갈아입을 거예요.」

세리외즈는 상복을 입고 있었다. 그녀의 아버지는 아

무 말도 하지 않았다. 〈그럴 만도 하지〉, 이것이 그의
유일한 생각이었다.

그의 내부에 잠들어 있던 접대의 귀재가 가든파티가
시작되자마자 모습을 드러냈다. 그것은 백작도 어쩔
수가 없었다. 초대 손님들은 그를 보자마자 기분이 좋
아졌다. 그에게는 그들을 향해 웃으면서 이렇게 외치는
특유한 방식이 있었다.

「드디어 오셨군요! 모두 이렇게 와주셔서 정말 감사
합니다!」

이렇게 환영 인사를 격하게 늘어놓을 때 느빌은 그
어느 때보다도 솔직했다. 그의 일부분은 사람들이 그
정신 병원까지 와준 것이 정말 용기 있는 행동이라고
판단했다.

그는 포옹을 하고, 손에 입을 맞추고, 열의에 찬 웃음
을 터뜨리고, 드레스의 아름다움에 감탄하고, 병의 치
유를 기뻐하고, 계획의 성공을 축하하고, 삔 손목을 안
타까워하고, 아이들의 성장에 황홀해했다. 그는 절대적
인, 태양과 같은 집주인이었다. 그것은 그가 평생 해온

일이었다.

알렉상드라는 그를 향해 이렇게 말하지 않을 수 없었다.

「당신 정말 눈부셔요.」

「내가 당신에게 해주고 싶은 칭찬이오. 당신한테 너무나 잘 어울리는 이 새 옷은 도대체 뭐란 말이오?」

「당신도 참, 이 앙상블은 20년 전부터 봤잖아요.」

「하지만 이토록 놀라운 몸매를 유지하는 아내는 드물지.」

플뤼비에성 역시 눈부시게 아름다웠다. 그 섬세한 색채가 가을 햇빛 속에서 아롱거렸다.

「성이 여전히 아름답군요.」 사람들은 느빌에게 말했다.

그 말이 사실이 아니란 건 알았지만 그래도 그는 기분이 좋았다. 〈내 가장 오래된 사랑아, 넌 결코 이토록 아름다웠던 적이 없었어. 오늘 밤, 난 감옥에 갇히게 될 거야. 난 두 번 다시 널 보지 못할 거야. 네가 무척 그리울 거야.〉

그에게는 심지어 클레오파스 드 터이넌조차도 괜찮은 사람처럼 보였다.

에브라르가 약간 늦게 도착했다.

「용서하게, 앙리. 자네가 날 살해할 의도를 갖고 있다고 해서 유언장을 쓰고 오느라 늦었네그려.」

오레스트와 엘렉트르는 그 당당한 자태로 사람들을 황홀하게 했다.

「봤어요? 세리외즈가 검은색 상복을 입고 있어요.」 알렉상드라가 남편에게 말했다.

「나도 봤소.」

「그런데 아주 잘 어울려요, 안 그래요?」

「아마도.」

백작 부인은 샴페인 잔 두 개를 들어 하나를 백작에게 건넸다.

「우리, 이 가든파티의 성공을 위해 마셔요.」 그녀가 말했다.

그들은 마셨다.

「그런데 이거, 로랑페리에 퀴베 그랑 시에클이잖아요!」 그녀가 소리쳤다.

「역시 당신은 안목이 있어.」

「이건 미친 짓이에요, 여보. 난 우리가 가난한 줄 알

있어요.」

「그러니까.」

「알겠어요, 무슨 말인지.」

손님들이 우연으로 돌리기 힘든 조화를 보이며 정원 여기저기로 흩어졌다. 느빌은 거기서 성공적인 파티의 징후를 알아보았다. 사람들이 자신을 초월하고 있었던 것이다. 전체에서 발현되는 아름다움에 마음을 쓰다 보니 그들은 그들이 될 수 있는 최고의 것이 되었다. 그들의 움직임은 서로를 향해 흘러갔고, 그들의 말은 산문시의 가벼움과 아름다움을 품고 있었다. 아무도 두각을 나타내고자 애쓰지 않았고, 소심한 사람들조차도 나름의 존재 방식을 인정받았다.

〈이 광경은 내 눈, 내 귀, 내 정신을 얼마나 즐겁게 하는지! 그런데 내가 이 완벽한 세계를 영원히 파괴하게 될 거라니! 내가 살해하는 건 내 딸만이 아냐. 내가 끝장내는 건 바로 이 세계야. 난 낡아 버린 궁정풍의 정중함, 함께하는 우아한 예술의 마지막 대표자야. 나 이후로는 사교 행사밖에 없게 될 거야.〉

그는 긍지와 사랑으로 자신의 작품을 바라보다가 손

님들 사이로 슬그머니 끼어드는 굳은 표정의 세리외즈를 발견했다. 그는 속으로 그녀에게 말했다. 〈여기 모인 모두가 행복해하고 있어. 모두가 파티를 즐기고 있어. 넌 거기 있기만 하면 돼. 아니, 넌 그거로는 안 돼. 넌 고통스러워해야 해. 네 고통이 나머지를 지워야 해.〉

마을 청년과 처녀 들이 독창회를 위해 손님들을 정원 안쪽으로 안내했다.

　여가수는 「백조의 노래」라는 제목으로 묶인 슈베르트의 연가곡을 부르겠다고 예고했다.

　「테너를 위해 쓰인 곡들이지만, 제가 그것들을 부르는 첫 소프라노는 아닐 겁니다.」

　앙리는 슬그머니 자리를 빠져나왔다. 그는 무기가 있는 탑 꼭대기로 올라갔다. 그는 창을 통해 여가수의 노래에 귀를 기울이는 사람들을 바라보았다.

　〈「백조의 노래」라…… 적절한 선택이군.〉 그는 너무 멀리 떨어져 있어서 노래를 들을 수도, 심지어 얼굴들을 구별할 수도 없었지만, 청중들이 넋을 잃고 있다는 것을 느꼈다.

〈저 어린 퐁투아가 재능이 없진 않군. 그런데 내가 이 22구경 롱 라이플로 음악을 망치게 될 거라니!〉 그는 자신에게 더 이상 생각하지 말라는 명령을 내리고 탑에서 내려갔다.

그는 사냥총을 감추려 하지도 않고 정원 안쪽까지 걸어갔다. 아무도 그를 눈여겨보지 않았다. 그가 무리로 돌아갔을 때, 파스칼린 퐁투아가 〈세레나데〉를 부르기 시작했다. 사람들은 절대적인 매력에 취해 있었다.

〈이 곡이 끝나면 행동에 나서야겠어.〉 그는 딸에게로 다가가며 이렇게 마음먹었다. 그런데 세리외즈가 그에게 쪽지를 슬그머니 건네줬다. 그는 읽었다. 〈절 죽이지 마세요. 제 생각이 바뀌었어요.〉

주체할 수 없는 어마어마한 분노가 그를 사로잡았다. 〈여기까지 와서 내가 자기를 살려 줄 거라고 생각하다니. 게다가 마지막 순간의 변심은 고려하지 말라고 나한테 미리 경고까지 했잖아. 그래야만 해. 그래야만 한다고!〉

주변 청중들의 가슴은 〈세레나데〉의 절에 맞춰 떨리고 있었다. 폭력으로 바꿔 놓기 위해 그 애절한 부드러움을 흡수하는 사람은 오로지 앙리뿐이었다. 그는 세리외즈의 얼굴을 쳐다보았다. 소녀는 울고 있었다.

〈눈물을 흘리기에는 너무 늦었어. 음악이 멈추는 순간, 나는 행동으로 건너간다.〉

앙리는 영화 「콰이강의 다리」 말미에서 일본군 포로로 잡혀 강제로 건설한 다리를, 자기편 저항군들이 파괴하려고 준비하는 것을 발견한 영국 장군의 그것에 버금가는 분노에 사로잡혀 있었다. 그는 그에게 그토록 무거운 대가를 치르게 했던 끔찍한 범죄에 집착하고 있었다.

곡이 끝날 무렵, 세리외즈가 그의 손을 잡고는 멀찍이 떨어진 곳으로 데려갔다.

「전 이제 죽고 싶지 않아요.」

「나한테는 마찬가지야. 넌 나에게 네가 무슨 말을 하든 듣지 않겠다고 맹세하게 했어. 그래야만 해.」

「음악이에요. 음악이 절 감동시켰어요.」

「멍청한 녀석, 살아오면서 음악을 한 번도 안 들어

봤니?」

「이건 못 들어 봤어요. 슈베르트는요. 감동을 느껴 보려고 그렇게 오랫동안 애썼는데! 절 보세요. 전 이제 지나치게 많이 느끼고 있어요.」

「이제 감정을 갖는다고? 내가 널 죽여야 할 이유가 하나 더 생겼군!」

그녀가 눈물을 흘리면서 웃었다.

「아빠, 저주는 풀렸어요. 마치 소프라노의 목소리가 제 가슴을 죄고 있던 외피를 파괴한 것 같아요.」

「난 그따위 것엔 관심 없어. 나한테는 지켜야 할 계약이 있지.」

그는 딸의 머리를 겨냥했다.

「아뇨, 절 죽임으로써 아빠의 삶을 망칠 필요 없어요. 전 살고 싶어요!」

「넌 정말이지 가증스럽고 잔인한 계집애, 참을 수 없는 변덕쟁이야. 내가 왜 널 가엾게 여기겠니?」

「제가 이제 행복하니까요.」

「나와는 상관없다니까. 난 모든 사람들처럼 죄인으로 죽을 거야. 난 예언을 완수해야만 해.」

「아빠, 그 예언, 그거 말도 안 돼요!」

「넌 어젠 그렇게 말하지 않았어.」

「아빠를 설득하려고 그랬던 거예요. 살인이 행해진 후에 모든 게 잘될 거라고 덧붙이는 아줌마 말을 어떻게 믿겠어요?」

「그건 나도 안 믿어. 그 말은 배려하느라, 예의로 한 거야.」

「예의로! 그 점쟁이는 모든 예언의 원칙 자체를 어겼어요. 청하지 않은 자에겐 아무것도 예언하지 않는다는 원칙 말이에요!」

「그래도 난 널 죽이고 싶어! 네가 내 가든파티를 망쳤어!」

「지금 농담하세요? 파티가 이렇게 성공한 적은 한 번도 없었어요. 사람들은 매우 즐거워하고 있어요.」

「난 아냐. 난 너 때문에 3일 전부터 지옥을 헤매고 있다고.」

「절 구하기 위해 그래야만 했을지도 모르죠.」

「이 이기적이고 못된 것!」

「아빠 말이 맞아요. 그렇다고 그것 때문에 절 죽여서

는 안 돼요.」

「소설다운 소설에서 일단 무기가 등장하면 그것은 사용되어야만 해.」

세리외즈는 아버지의 손에서 총을 빼앗아 호수에 던져 버렸다.

「이제 문제가 해결됐어요. 전 돌아가서 음악이나 들을래요.」

앙리는 망연자실, 물이 22구경 롱 라이플을 삼켜 버린 곳을 쳐다보며 방금 자신이 깨어난 악몽을 이해해 보려고 애썼지만 그럴 수가 없었다.

그는 결국 정원으로 도로 올라왔다. 독창회가 막 끝나고, 파스칼린 퐁투아는 기립 박수를 받았다. 세리외즈는 흐느껴 울고 있었다. 어안이 벙벙했던 그는 속으로 이렇게 생각했다.

〈저 아이는 정말 괴짜야. 젊음의 과실이니 너그러이 봐줘야지, 어쩌겠어.〉

느빌은 시중들던 아가씨 하나가 갑자기 어디가 안 좋은지 비틀거리는 것을 보았다. 그는 샴페인 잔으로 가득한 그녀의 쟁반을 받아서 테이블 위에 올려놓으려고 했다. 그런데 그의 발이 뭔가에 걸렸다. 쟁반은 허공을 날았고, 하필이면 반 조테르니앵 부인의 목덜미에 떨어지고 말았다. 그녀는 그 자리에서 즉사했다.

모두가 그것은 사고였다고 증언했다. 반 조테르니앵 부인은 아무도 견뎌 낼 수 없는 인색하고 못된 과부였다.

그녀의 유언장이 개봉되었을 때, 사람들은 그녀가 엄청난 것으로 밝혀진 재산을, 그 자신이 아주 오래전부터 비록 우스꽝스럽지만 다행스럽게도 아무도 짐작하지 못한 열정을 품었던, 앙리 느빌에게 물려줬다는 사실을 발견했다.

그 기적적인 거액의 유산 덕분에 성을 파는 일은 더는 문제가 되지 않았다. 지금쯤 사람들이 지붕을 고치기 시작했을 것이다.

동화도 비극도 아닌

느빌 백작의 막내딸 세리외즈는 날이 저물자 슬그머니 성에서 빠져나와 숲에서 밤을 지샌다. 숲에서 덜덜 떨고 있는 세리외즈를 발견하고는 자신의 집으로 데려가 돌봐 주던 점쟁이 로잘바가 딸을 데리러 온 느빌 백작에게 예언한다. 「(매각을 앞둔) 플뤼비에성에서 열릴 마지막 가든파티에서 당신은 초대 손님 중 하나를 살해하게 될 거예요.」 예언이 행해졌으니 누군가는 반드시 죽어야 한다. 가든파티를 취소할 수도 초대 손님을 죽일 수도 없는 딜레마에 빠진 느빌 백작은 이때부터 불면에 시달린다.

세리외즈에게는 미남 미녀에다 모든 것을 갖춘 일등

신랑 신붓감, 오빠 오레스트와 언니 엘렉트르가 있다. 그래서 점쟁이는 백작에게 묻는다. 왜 셋째 이름이 이피제니가 아니고 세리외즈냐고. 이쯤 되면 같은 이름의 자식들을 뒀던 아가멤논, 그리스군 총사령관으로서 사냥의 신 아르테미스의 노여움을 잠재우고 트로이 전쟁을 이끌기 위해 막내딸 이피제니를 제물로 바쳐야 했던 아가멤논의 비극을 떠올리지 않을 수 없게 된다.

아니나 다를까, 세리외즈가 나서서 누군가 죽어야 한다면 자신을 죽여 달라고 애원한다. 언제부턴가 오감을 통해 느끼는 것이 마음에 와닿질 않는다고, 〈나와 나 사이에 있는 얼음의 장벽〉 때문에 살아도 사는 게 아니라고, 〈날 사랑한다면 제발 죽여 달라고〉, 그게 유일한 해결책이라고 아버지를 설득한다.

흥미로운 것은 이 설득과 유혹의 과정을 통해 세리외즈가 욕망의 주체로 거듭난다는 사실이다. 세리외즈가 다시 살고자 하는 것이 정말 슈베르트의 음악이 그녀 마음에 와닿았기 때문일까? 혹시 〈남성〉인 아버지를 설득 혹은 유혹하는 데 성공했기 때문이 아닐까? 그 덕분에 〈마치 끈끈이에 붙들린 것처럼 헤어 나오지 못했던〉 모호성(유혹의 대상과 주체 사이의, 아이와 여성 사이의, 동화와 비극 사이의 모호성)에서 벗어났기 때문은 아닐까?

어쨌든 현대판 숲속의 공주는 더는 운명에 휘둘리지 않는다. 저주에서 풀려나기 위해 백마 탄 왕자의 키스 따위가 필요하지도 않다. 아멜리 노통브의 여주인공들이 늘 그렇듯, 주도권은 오롯이 그녀가 쥐고 있다. 그녀는 아버지처럼 장르의 형식에도 얽매이지 않는다. 아버지인 느빌 백작의 세계는 가령 이런 것이다. 「소설다운 소설에서 일단 무기가 등장하면 그것은 사용되어야만 해.」(본문 136면) 이에 맞서 세리외즈는 아버지의 눈앞에서 보란 듯이 다음 행동을 개시한다. 무기, 즉 운명 따위는 빼앗아 호수에 던져 버리면 된다. 그렇다, 그렇게 쉽다. 지나칠 정도로.

아멜리 노통브는 『푸른 수염 Barbe bleue』(2012)에서 신작 『추남, 미녀 Riquet à la houppe』(2016)에 이르기까지 샤를 페로의 잔혹 동화를 다시 써보는 도전을 하고 있다. 『느빌 백작의 범죄』 역시 그런 도전 중 하나로서, 장르의 관점에서 보면 동화와 비극의 요소들이 뒤

섞인 이상야릇한 작품이다. 하지만 저자가 강조하듯,
⟨괴물 같다고 해서 반드시 가치가 없는 것은 아니다⟩.

번역 대본으로는 Albin Michel 출판사의 Amélie
Nothomb, *Le crime du comte Neville*(2015)을 사용했다.

2017년 8월

이상해

옮긴이 **이상해** 한국외국어대학교와 동 대학원 불어과를 졸업하고 프랑스 스트라스부르 대학, 릴 대학에서 박사 과정을 수료했다. 현재 한국외국어대학교에 출강하고 있다. 『측천무후』로 제2회 한국 출판 문화 대상 번역상을, 『베스트셀러의 역사』로 한국 출판 평론 학술상을 수상했다. 옮긴 책으로 아멜리 노통브의 『샴페인 친구』, 『푸른 수염』, 『머큐리』, 에드몽 로스탕의 『시라노』, 미셸 우엘벡의 『어느 섬의 가능성』, 델핀 쿨랭의 『웰컴 삼바』, 파울로 코엘료의 『11분』, 『베로니카, 죽기로 결심하다』, 크리스토프 바타유의 『지옥 만세』, 조르주 심농의 『라 프로비당스호의 마부』, 『교차로의 밤』, 『선원의 약속』, 『창가의 그림자』, 『베르주라크의 광인』, 『제1호 수문』 등이 있다.

느빌 백작의 범죄

발행일   2017년 8월 20일 초판 1쇄
         2017년 12월 20일 초판 3쇄

지은이   아멜리 노통브
옮긴이   이상해
발행인   홍지웅 · 홍예빈
발행처   주식회사 열린책들

경기도 파주시 문발로 253 파주출판도시
전화 031-955-4000 팩스 031-955-4004
www.openbooks.co.kr

이 도서의 국립중앙도서관 출판예정도서목록(CIP)은 서지정보유통지원시스템 홈페이지(http://seoji.nl.go.kr)와 국가자료공동목록시스템(http://www.nl.go.kr/kolisnet)에서 이용하실 수 있습니다.(CIP제어번호: CIP2017016611)